中国专业作家作品典藏文库

中国专业作家作品典藏文库

邹静之卷

九栋

邹静之 / 著

中国文史出版社

邹静之

目　录

九　栋

我的日月

寻 己 录 (序)

做梦了，梦醒了，天亮了，该起了。梦里的自己和现在的我有点不一样，那梦中人更应该是我。想回去，回不去。

从小到现在，说过许多豪言壮语。公开或私下时说过要做什么什么样的人，终于没做成。总觉得现在的自己，或被什么人给换了。

人一多自己就丢了。在陌生的城市，陌生的人群，总要站一站，不是问路，想把自己找回来。找回来了也孤单，反身回旅社去听雨。

除了肉身外，还有很多自己的影子装订成册，走一处便有一影子留下。那天去看花，突然一影子从十年前的玉兰树后移了出来。是我。相对无言。树没变，花没变，春天也没变，我看我觉得陌生了。

参加某聚会，认识的人少，不认识的人多。选一角落枯坐，稍后，与一景况相同者攀谈，甚热烈。此时，真的我依旧在角落，看着滔滔不绝的自己，甚厌之。

常被人借走。妻说："今日好太阳，随我去商店买袜子。"喏喏。与屋内等我之我生离三小时。

女儿将生，在产房外"困守"。突然哭声大震，是我儿无疑。隔窗看那小孩，也睁着眼睛看我。彼此相认。

看旧照片，那时我朴实、清纯如头顶的蓝天。看久了，两人相拥洒泪，说不上哪个时候更好，哪个时候都会消失。照片不看了，那个我也不愿牵肠挂肚。

读《春江花月夜》，"江畔何人初见月，江月何年初照人"，那江畔人回头看我，一眼的陌生，看得人冷。

独自在雪原上走，可以笑，可以哭，可以唱，可以骂人，可以沉默，可以奔跑、打滚。一下子放出许多我来，像狂欢节的队伍。倘此时，远处有人出现，便众我合一，还原为痴呆状，在白雪蓝天中间流鼻涕。

用手拿笔，用笔写字。写完了，心里跳出个我来读，说是谎话，怎么自己要对自己说谎？此话问得好，问得真好！

买书不读，或读书时听窗外人语、风语、树语、鬼语、雨语……"嘭！"瞌睡将书打在头上。

见一美妇，说看，说不看，做看与不看状。美妇亦做蔑视与不蔑视态。

深夜呆看一颗星，看久了，觉得自己原本很古老，或有前身。风吹衣袂，那人就真靠近了，闭目不敢认。

发了烧，从悬崖上飘落，惊醒，再飘落，再惊醒。问为什么总是演这情景来吓我，说为自身出汗呢，是自己帮自己的一种，倘自己帮不了自己，飘下就会到底了。终于，那个最怕的字没说出。

九　栋

引　子

九栋是我小时候住过的一栋楼，现在这栋楼已经被炸掉了，重新盖起了一幢更高更大的九栋，我的这些文字只与那些旧楼有关。

楼消失前，我赶回去为它照了几张相，这是一幢盛过我童年的建筑，它的消失使我的童年实际上无迹可寻了。

1996 年下半年在旧楼消失之后，我开始写这些文字，草稿先后写出了十几万字，此后只整理过其中的四则在 1997 年发表过，也有一些刊物转载。1999 年盛夏开始断断续续地整理出了十余篇，还有一半的文字没有理出来。写这部长篇系列文章，我原来的想法是，把它们写出来，让一些旧事把我放过去。写过后的感觉是旧事永远不会放过你，你写出来了，它的跟随反而看得见了。

这是我整理过以下的文字之后，没再整理的原因之一。这些文字对我来说，发表就等于说是珍爱的童年被人分享，而童年无法与人分享。她的隐秘之处将永远隐秘下去，甚至你靠全身心的回想，也难以进入了。

八 天

1966 年 11 月 16 日

今天很冷，刚刚冷，所以冷。暖气来了，屋子里暖和。上午，我们都在院墙外坐着。朝南的墙角有许多细土，它们聚集在那儿，还有一些破纸。别的地方有风，这儿没有。

我们是我、郑超、郑欣、远强。

远强说他们都成立组织了，都印了红卫兵袖标，刻了图章。他们占了学校的一楼，把桌子拼在了一起，晚上就在学校睡。他们还在教室的白墙上写了标语，厕所里也写。他们斗侯老师时，编了个顺口溜，田书华编的："猴，猴屁眼儿夹个球，猴笑了，球掉了。"

侯老师是教语文的，我最近一次看见她，是在二楼楼梯旁。没什么人理她，我路过她时，听她唱着一首有关小姑娘的伤心的歌，好像和抗日有关。

我当时有一种感觉，好像她唱完这个歌，就要从二楼跳下去。我等着她跳。她没跳，她儿子在走廊的那头，假装玩，其实看着她。她曾夸奖过我有天分（这句话应该划了，太资产阶级意识）。

我们商量了一个上午，准备也成立组织，远强说印袖标的地方在菜市口，要穿过一个叫达智桥的地方，那儿有很多土流氓。上次他们去时被劫了三块钱。郑欣说他要去的话就带一把刮刀，虽然没开刃，但足可以把脸扎破，这话使我激动起来。

我们准备第二天大人上班之后就出发，我们一共凑了五块钱，其中有一块是我的。

11 月 17 日

今天，我们坐 1 路车到了西单，我们四个人只有我一个人买了车票，他们三人都混过去了。整个途中我在担心，下车前我还是买了票，这真傻！

从西单向南，到达智桥的时候，我们四个人都很紧张，我把手放在裤袋里。我今天带了一个小秤砣，我觉得那东西足够把土流氓的头打开花。那东西冰冷，在我的口袋里很重，我不能把它暖过来。郑欣一路吹着口哨，他的手放在怀里，我觉得他的那把刮刀是我们四个人的心跳。

我们期待的事没有发生，风很大，吹得我们跑起来。

过了达智桥，我们走进一个卖麻绳的商店问，在哪儿印袖标，有个老人说了一个地名好像叫什么胡同。

我第一次闻到染料的气味，离很远的地方就闻到了。后来我知道那是黄颜色的气味，颜色是有气味的，黄颜色的气味让我想起"生病"这个词。

有一位少女接待了我们，她让我想起了住在三门的刘乃平的姐姐，我曾和她一起去游泳，她穿红色的游泳衣。在我的印象中只有读高中的女孩才能叫少女，还有卓娅那样的可以叫少女，刘胡兰不太像，祝英台也不像，我姐也不像。

她戴着一个大口罩，她只把双眼露在外边，她笑的时候我能觉出来。我们四个人都有点紧张，有点不好意思。

我们订了二十一个袖标，四寸宽，金黄的字，每个两毛钱。我们的钱只够印这么多的，她看出来了。

她开票的时候，身后火炉上的水壶吱吱地响着。那间屋子里挂着很多旗帜，上边都有各种各样的字和图案。旗帜的红色从墙的四周照着我们。

我想起了《三个火枪手》中达特安跪下吻皇后的插图。皇后的长裙子下没有脚，她的手在鼓起的裙子表面，达特安的嘴恰好碰着皇后的指尖。我一直觉得那是我长大后要做的一个动作。（这一段要划去，太资产阶级化了。）

她是微笑的，问我们愿不愿去车间里看看。我们愿意。

她带我们去了地上有很多水的车间，一些干活的人看了看我们。我什么也没看懂，那些印好的布都是湿的，全是红布，红布上是一行行的"红卫兵"三个字，字印过之后，都附上一层谷糠。这是她告诉我们的，说附上谷糠是为了保护印上去的黄颜色，等干了后，把谷糠掸掉，字就很鲜艳了。

中午，我们没吃的，她送给我们她的饭盒。那盒饭是她从家里带来的，一直在炉子上热着，我看见里边是白菜还有豆腐。她吃得并不好。

我们走的时候，她也没摘下口罩来，她很干净。我们没有机会看她的样子。

回家坐 1 路车顺利，我们四人分别从两边车门混了下来，没买票，那几毛钱，准备下次取袖标时用。

分手时，远强问我，能猜出那个女的什么出身吗？我说不知道。远强说，大概是资本家。我说为什么。他说没看出她长得多漂亮啊，还有，因为她总戴口罩，她怕那种颜色的味。我觉得他说得有道理。

11 月 19 日

街上戴红卫兵袖标的人越来越多了，我们的还没印好。白天我们在郑超家，我们不想出门，不戴袖标出门越来越显眼。郑超和郑欣的爸爸可能出事了，我看见他在锅炉房抬很重的暖气片，但他们俩没说。

11 月 20 日

郑超、郑欣的爸爸真的出事了。

上午，在我们家，我们焦急地等着取袖标的那一天，那样我们也可以造反，甚至造父母的反。我大哥在墙上贴了张"革命无罪，造反有理"的纸条。家里的气氛变得有点陌生。

11 月 21 日

还有两天……

11 月 23 日

今天早上坐车，汽车售票员把我们抓住了，四个人一个都没跑，她要拉我们去总站。我们都很害怕，到了王府井车站，趁上车的人多，我们一齐跑了。再也不敢坐车，一直走到菜市口。

我们取了二十一个袖标。

我们又看见那个女的了，她与六天前不一样，先看见她时，她戴了一块头巾在车间里扫水（后来我们估计她的头发被人剪秃了）。她胸前缝一块白布，白布上写的字是"资产阶级坏分子刘丽媛"。她还戴着口罩，为我们办手续，一直低着头。我觉得六天中她从一个少女变成了一个老太太，很老的老太太。

炉子上还是水壶，也有她的饭盒。

一个男人进来泡茶，让她把口罩摘下来，她先没动，后来摘了。

她长得和我想的一样，很苍白，像一张从没看见过的画儿。

我们出来的时候，她也拿着扫帚出来了。我们走的时候，她轻轻地说了声"再见"。她的口罩挂在胸口上，那块白布没有被挡住，我又飞快地读了一遍——远强说对了，她出身资产阶级。

一个身上被写了字的人，只能是那行字了。我发现街上身上有字的人越来越多，很多是红卫兵，也有胸口上挂着白布黑字的，每个人都是一行字。

我们四个人出了那个胡同就把袖标戴上了，那条胳膊一下子就光耀沉重起来，只有甩起来才能使它自然。

我们甩着胳膊走进一家饭铺，买了四个火烧，我们把火烧掰开，把餐桌上的酱油、醋往里倒，洒了一桌子。服务员看着这一切，一句话也没敢说。我们的胳膊像刚打过预防针一样活动得不方便了。

抓住的匙子

10月18日夜12点，我们巡查的时候，看见王浩家里还亮着灯。我们一共有五个人，金晶、白猴、小建子、张亮和我。我们想看看他们家在干什么，很晚了，一栋楼都黑了，只有他们家还亮着灯，在一楼。

我们用不同的方法，让目光越过了那道很矮的半截窗帘。

王浩的爸爸光着身子趴在他妈的身上，他妈妈，后来看清了，也光着身子。一切清楚得像假的一样，他们相互动着，边动边在说着有关攒钱买自行车的事儿。我们五个人都看见了，当我们确认了这一切后，退了下来。

有两个院里的"文攻武卫"的大人在值夜班，我们敲开了他们的门。他们两个人都戴着红袖标，有一个人在谈论一次出差的经历，抽着烟，他抽烟时总把自己的话头打断，他不急。他看见我们进去后依旧说着关于一个火车上吃盒饭的事儿，好像说那片肉薄得像一张纸，他在说纸的时候，用两个手指捏了一下。我们不知道该在"薄纸"后边接着说什么，我们坐下，相互看了看，但不知怎么把那件事说出来。

"王浩家还亮着灯。"金晶打断了他们。

金晶说完了这话之后翻了下口袋，又说："他们家的灯还亮着。"

"没睡吗？"抽烟的人问。

"没睡。"我们中有两三个人都做了回答。

"知道在干什么吗？"那个不抽烟的人刚才在读一张油印的报纸，现在抬头问我们。

"他爸他妈都光着……光着身子。"

"在干……坏事。"

话说得支支吾吾，我们都还没说攒钱和自行车的事儿。我们等着。

那两个大人几乎没动，有一个还想努力地说盒饭的事，另一个把报纸翻了一个个儿。他们好像把这事看得并不重要。

我们什么也没等到，原来以为他们会立即行动，会阻止什么错误的事件发生——在革命时期，轰轰烈烈的时候，像是火车拐道了，我们看到了另一种沿途的景色，不和谐，光身子和红袖标是不和谐的。我们五个人有三支手电筒，一整夜一整夜地不睡觉，有半个多月了，警觉着，有时候是盼望着，能有什么事件发生。终于有事了，可成人的感受，和我们的又不一样。

还有就是前天，我们抓到了一个下夜班的工人，北京钢厂的。白猴抓他时，那人有个空的铝饭盒，咣啷咣啷响，他就是在夜里的街上这么咣啷咣啷响着过来的。我们抓他时有种兴奋的恐惧感，因为他没有显出慌张，但绝对像一个镇静的坏人。他没有工人的那种油污大手，他结实，矮小。咣啷的声音是因为一只不锈钢的匙子，在饭盒里发出来的。在我第一次听到它时，就想过了这也许是只匙子，可我不愿意这么想，我觉得在深夜去抓一只不锈钢匙子，无论怎么说有点可笑。

那人在白天就被"文攻武卫"的放了，他们还相互握了下手。那人临走问了一句："这附近，哪儿有卖油条的?"白猴告诉他："在铁路医院门口有。"他走了，把那只匙子掏出来，放在了上衣口袋里，再走就没有了声音，很安静。

安静的夜，是我们所需要的气氛，是革命需要的气氛，所以对王浩家的事应该处理。

那两个红袖标最后说了句继续巡逻，没有再提王浩父母的事儿。我们出来的时候，觉得成人间有什么隐藏的密谋在瞒着我们，这使得接下来的巡逻变得有些消沉。

他们家的灯也熄了，整座楼都在黑暗中。

我们拿着手电在院子里走，金晶说："我看见他妈闭紧两条腿。这和我想象的不一样。他妈的，这种事其实我懂，只不过觉得现在不是时候。你想啊，前天洪炯的爸爸就是从他们的楼顶上跳下来的，那天王浩他妈也在，我还叫了声阿姨。她脸白得像槐花，整个身体直抖，好像很震惊。从一个那样的时刻，这么快地进入到今天晚上，多他妈的不可思议。还说要买自行车，是她说的要攒钱买自行车吧，买自行车干吗?"

"是她说的要买自行车，攒钱。王浩他爸没说话。"我一边回

12

答，一边开关着手里的手电筒。光亮的时候，世界好像突然出现了，一灭，什么也看不见。我不知金晶现在处在什么位置上，我冲着黑夜问："你懂那些事，能说说吗？"

没有回答，我想更细地问问那种事。金晶没说，其他人也没说。我觉得这五个人中，有的人知道一些我不清楚的事，有的人和我一样，什么也不懂。

我用手电筒在后边晃了一下他们的背影，大家心事重重，这个夜晚从革命那儿偏离了。

第二天下午，我在台阶上坐着时，看见王浩的爸爸从外边回来，他拎着一只普通的黑包，戴眼镜。他很严肃，像那些既有成就又充满责任心的人。我想起昨天晚上，看见他摇动的光屁股，那和他的严肃的脸确实不同，我有一种识破了隐秘的快乐，这快乐在心里翻卷，追着他马上就要走进门洞的那件灰蓝色外衣。

我喊了声"自行车！"。我看着他喊了一声自行车，完全是一种无意。我期待着他回头。没有。他消失了，我听见开门和关门的声音。

自行车——以后的日子，我们一直这么叫他。

图　案

上厕所，经常看的那面墙上有许多图案，它们只有我才能看到。它们是被我的心编织出来的，我曾觉得心是一个可以通到那边的入口，装进去的东西，如果久了，再想找回来很难。

因为这与用桶打水不太一样，我想不通为什么井水就会从四面八方流过来，聚积在井里。而我的心里常常很空，什么也没有，尤其在上厕所解大手时，我觉得世界都在休息。一颗心休息时，它只是在认真地跳，什么也不想，解手是不能悲伤的。我觉得一个悲伤的人从不会想到解手，他没有心情也没有时间这样，也可能是解不出来。我认识的高中生克礼曾被当成"现行反革命"关起来，放出来时，他对别人说，关进去的前九天没有拉过屎，一次也没拉过。后来拉的像一颗颗的黑球，很疼。那些东西石头一样地在便池中滚动，他觉得自己快变成一只羊了，一只被绑在太阳地里的羊，拉粪球的羊。拉出黑球后，他在九天中第一次感觉到了饿。在饿的时候，他才觉得生活回来了，生命回来了。他饿了，饿的感觉让人特别珍视，他觉得要多吃点东西，之后每天的事儿就是吃东西，然后再把它们拉出去，然后再吃……他说他当时知道这不会是个永远，因为他开始越来越饿了。他说一个人能觉出饿就绝不可能是永远，饿是最容易结束的，不管怎么结束，比如说吃饱就不饿了，再比如说饿死也是结束。

我原来就认识他，不知道为什么出了监狱就变得特别能说，一个人总不说话也许是种语言的饿。

"拉屎"这个词，没有人让我这么说，大人们总是教我说大便。他们觉得拉屎不雅，我想这可能是因为"拉"这个字是一个具体的动词，太形象了，而大便是语焉不详。语焉不详的东西大多是雅的，比如问你几岁不雅，问贵庚就雅。这种事没有人给我解释，我说"拉屎"这个词只在心里说，我觉得这个词有一种痛快淋漓的意味，拉屎，很多时候，我特别想喊"拉屎去!"这个词不臭，只有快乐。

在厕所的墙上，有一副眼镜的图案。别人看不出来，我看到有两个环状的圆形隐约连在一起，也许是装水管时碰出来的。眼镜的里边没有眼睛，这不是一副人戴在脸上的眼镜，是我想的眼镜。

还有一个女人在迎风跳舞，她破烂的裙子，是一块裂开的墙皮。很多人不会把那块图案想成迎风跳舞的女人，你不专心看，你也不能。

有一个图案我先想不出它是什么，后来它的边缘破得大了，它像是一个人的臀部，我这么想的时候，觉得一个隐约的人在把屁股对着我。

我不应该这么想。

我没有用笔在墙上画东西的能力，我画什么都不像，如果世界能容忍把一个东西画得像另外的一个东西的话……我，不，这我也不行。其实可以不画，在厕所的墙上，什么也别画，你心静的时候，看任何一片斑痕都比图画清楚，没人打扰你。有了痕迹的墙，就像是有了生命，而白墙，光的白墙就像是没有。

干净的白墙没有眼睛，它不能看你。污迹却不一样，你专心地看它时，它知道了，它可能没眼睛，但它知道了。当一块无论什么样的图案有了知觉后，就有了生命。

在克礼兴奋地吹嘘着他拉羊屎的经历时，我产生了一个念头，如果再把他关一次会怎么样？也许再出来，话就更多更多了，还可能什么话也不说了。一个人对苦难的兴奋，和对幸福的兴奋没什么两样，他都要说出来。我第一次吃巧克力后（一块橡皮那么大的巧克力），对三十多人说了自己的感受（对某些人重复说过两次），我好像尝到了幸福，切切实实地尝到了。因为巧克力和幸福还有一个相同的地方，就是短暂，即使吃第二块巧克力也救不了它的短暂。

如果让我到一个新的厕所去，我可能什么也看不出来了，一个图案的认定要经过一些时间和平心静气的思索，最后它才能跳出来。那个东西是被注视之后跳出来的，咔的一下，眼前一亮，它出来了，你特别奇怪，原来为什么没看出来。就像你在一大块蓝天上找气球一样，没看见它时，什么也没有，看见它后你觉得它越来越大。

房勇的公鸡

我在后窗口准备用弹弓射房勇的小公鸡，那只鸡突然弯着脖子叫了一声，就一声，它刚会叫。那声音真怪，把那天早晨扎了一下。

房勇独自站在院子里，平直的阳光把他的影子拉得特长。他面对着自己的影子，有要倒下去的感觉。一个比自己长很多的影子，如果冒险贴上去时，它会猛然缩短，你贴紧时影子就消失了。我曾和几个小孩实验过，长影子在你倒向它时会瞬间变短，总之影子在最后一刻会和你合并。

我把三只小鸡揣在口袋里，开门，下楼。

"嘿！你吃过白兰瓜吗？昨天我姨来了，带了好多白兰瓜，甜得发腻。"房勇说。

"没吃过，你姨干吗这时到北京来，多乱啊。"

"我姨瘦了，昨天晚上她总咳嗽。我去年逮过一只刺猬，你听过刺猬咳嗽吗，和我姨的一模一样，我以为那只刺猬又回来了……你今天早上几点醒的？"

17

他看我的眼神挺怪。他一定猜出了射他家鸡的弹弓是我打的。我回过脸去看了眼我家里的后窗户，关着。

我说："刚醒。"

"我早就醒了，觉得今天早上会有什么事儿，结果真有事儿了。"

房勇显得有点不一样。

"我知道是什么事。"我看着他的小公鸡。

他说："你也看见了？是个男的，大人，我不认识。"

我说："不是你的小公鸡会打鸣了？"

"不是这件事。"房勇突然有点得意，他希望我问他什么事。我没问，今天知道他的小公鸡会打鸣这事就足够了。新鲜事不会太多，事多的日子我总是忙得来不及喝水。

"八栋三门那儿，现在躺着个死人。"房勇说时一直看着我的脸，"是捡破烂儿老太太先看见的。她看了一眼就走了。他头贴在地上，已经死了，不知怎么死的，身边只有一点血。"

房勇边说边指着八栋三门的一棵树。那儿确实有一个人躺着。树荫把他盖得很暗，刚才我在楼上看不见他，是因为树挡着。

"那你干吗还不叫大人出来？"

"我已经看过五次死人了，我觉得没什么可奇怪的。看陈玉的奶奶用剪刀剪破嗓子，是最可怕的一次，血流得太多了，墙上都是，而且还有血的手掌印。这个死人一点都不可怕，像睡着了。我觉得那个捡破烂的老太太真以为他睡着了呢，就那么看了

18

一眼就走了。再说，我姨刚来，她咳嗽得太厉害了，我不想让楼下的事把她吵醒。嘿，你真听见我的小公鸡打鸣了？那声音根本不像鸡叫，我听见第一声时，以为是爬到我家阳台上的一只怪鸟呢。"

"等等，咱们看看大人们碰见他是什么表情吧，我想看看他们狂呼乱叫。你知道管自杀的人叫什么吗？叫自绝于人民。那次冯连松妈死时，有一个眼镜就是这么对着死尸喊的。我觉得死人她听见了，但不在乎。对一个不在乎的人，你什么办法也没有。可我觉得没必要死。一个人不知道疼了，就没了意思。我爱在摔破的地方抹细盐面，那盐被疼给吃了，一下一下的，你忍过去后，特别舒服。"

"不知道他是不是自杀，我好像没见过他，不是咱九栋的人……"

人越来越多了。

房勇被大人们围起来了。

在树下，还有一些人远远地围着那个死人，有一件旧式的风衣把他的上身盖住了。房勇说话的时候特别兴奋，他看见他姨站在阳台上看着他。大人们都没吃早饭也没刷牙，他们的脸上弥漫着口臭。

没有人来问我什么，我什么也说不出来。我还没有到跟前去看一眼那个尸体。

房勇的公鸡在人群的边缘又叫了一声，房勇突然打断了大人的问话，更为兴奋地说："那是我的公鸡，它今天早晨开始打鸣

19

了。"没有人看那只公鸡，大人们抛开他围在一起商量着。

商量的结果是有一个大人把比我小一年级的女同学洪炯接过来了。她是我知道的会弹钢琴的小女孩之一。她很漂亮，我们曾经相约过到她的面前去吐唾沫，可是走到她的跟前，都没吐出来。后来想，是被她永远的微笑打动了，我们没有办法在微笑面前吐唾沫，如果是大笑我们也能吐，微笑不行。现在她来了。从那个大人的自行车后架子上下来了，孤零零地站在人们的目光中间。我觉得她不会走近那具尸体。大人们推了一下她，让她走过去了，脸色苍白的她走了过去。一个人掀开了风衣的一角，她看着，大家也看着。

看完之后，她向着大人们点了下头，没哭。她想后退，人们也退着，她始终在中间站着。她不知该站在什么地方才能避开人们看着她的目光。

我真想拉着她走出人群，躲开那些眼睛，一个人陪着她哭，为她擦泪，拉着她跑得远远的，迎着风跑。但我什么也没做。我开始恨那个躺在地上的冰冷的人——他留下了太多的伤心。我觉得这时候没有一个人能把瞎了的线团解开。那时候我真想就那么扯，把手弄疼了也不在乎地扯，乱扯。

没什么可看的了，我把三只小鸡装进兜里，去了后院。

在后院，房勇说没想到那是洪炯的爸爸，他看见洪炯时才觉得死真可怕。他说他是从洪炯的脸上才看到了死有多可怕。他问我："她干吗不哭？她干吗不哭？"

他问我："她爸爸为什么要从东区跑到咱西区来自杀？"

我说："不知道。"

他说："是不是他不想让洪炯看见死人？"

我说："可能。"

他说："最后还是让她看见了，最后还是让她看见了……"

段　五

　　原来的冬天，我一回头去，就能通过衣领嗅到棉衣里边我身体的气味，是一种万分熟悉的气味，没有尽头，没有开始，它非常遥远，比我知道了的和以后将要知道的都远。那种气味是一个辛苦的传递。

　　我们因为一些粗野的游戏而出汗。那时高一点的小男孩都愿意扮演一匹马，他们背着瘦小些的同学，和另一对相似的组合厮杀。北方的冬天，风、尘土与流出的汗黏在一起，使人硬朗。那时洗澡最深切的感觉是自己会变轻，轻得软弱发白。一个干净的小孩，没有一个脏小孩更显出强壮。

　　校园里在广播预防脑膜炎通知时，我们都为这个新鲜的名词安静了下来："……早晚用盐水漱口，不要去公共场合……长效磺胺……"房勇说，脑膜炎就是大脑炎，段五就是因为大脑炎傻的……

　　我一生中看到的傻子，没有一个能超过段五。每天放学经过副食店，我都非常想又害怕看见段五。他有超人的力气，他的鼻涕漫过嘴唇一直流进嘴里。我一直觉得段五活在另一个世界中，我亲眼见过他抢案板上的生肉吃。他抢过生肉后，就站在摆满了剔骨刀的肉案子前吃。我总以为会有什么人要舞弄几下那刀，流血，叫喊……每次都没有这样的事儿。

段五就那样地吃着手里红白相间的生肉，有一些拳头落在他头上，也无法使他分心。我们都专注地看过段五吃生肉，我曾神秘地编造过段五有尾巴的谣言，这谣言使得我们再见到段五时异常兴奋。我们大家都觉得几乎认识了一只狼。

我没按广播中的告诫——每天早晚用盐水漱口。我有些拿不定主意，是否真要去做一个段五。除了吃生肉外，我还见过他当着众人撒尿……他的生活中的确有种我从没经历过的自由。他是那样地惊世骇俗，他让整条街的人注目，目瞪口呆。我在以后的生活中从没有在别的傻子身上看到过那样的英雄气。

我想，我应该等待命运的裁决，我不漱口，也没有吃发给我的长效磺胺。如果真让我去做段五，我就去做，如果做不成也没什么惋惜的。

我的一个同学被选中了，他原来是我们班最聪明的一个（听图南说，越聪明的人越容易得大脑炎）。

他有很长的一段时间没来上学，等我们再看见他时，他变得很白很胖，在楼下被他矮老的奶奶牵着手。他奶奶和另一个老太太在聊天，他安静地听着，嘴里流出长长的口水，口水很细很黏，流在他心口的上方。他没有如我们所想变成段五，他在我以后的回忆中永远是那个样子，巨大、白胖得近于不存在。从第一次看到他后，我有了个深切的体会——你不能想变成什么就变成什么，你想变成一个你心目中的傻子也不能。

我快到十七岁时离开了那个城市，后来听人说段五爱上了一个刚上小学的小女孩，他每天放学都站在小学的门口，一看见那个女孩出来，他就哭，哭得特别傻（段五毕竟不同，他的爱也不一般）。后来那个小女孩转学走了。

二十几年过去了，他们的遥远超过了二十几年。他们之所以让我想起来，是他们从真变假了，我几乎不能说服自己，他们肯定存在过。

春 天

一

姚男把他的棉袄里子摘了，那件衣服一下显出清瘦来。他捡了一只还没长毛也没睁眼的小肉麻雀。那东西比每一个人的手心都热，它张开嘴，头摇来摇去，让我们不知所措。

春天让人不知所措，打开窗户关上窗户都不舒服。我们在院子里站着，等着卖小绒鸡的贩子这两天来。

前一天晚上，我用热水把手泡了，洗得很白，每一道裂口上都抹了蛤蜊油，现在它们藏在我的裤兜里。洗干净了的手好像比原来的轻，一双被洗轻了的手没什么力气。

姚男说，每年去扫墓的时候，才能觉得春天来了。他想不通干吗在开花的春天去看望死人，唱那些沉痛的歌，本来春天就特别快，看完死人就觉得春天过去了。

他手里的那只肉鸟睡着。

姚男说，干吗扫墓在春游前边呀？他一年的大部分时间都在等着春游，随便去哪儿。他常在春游的前一夜睡不着觉。他把装了面包和水壶的书包放在床头。他总是做那种起床起晚了的梦，春游的汽车开走了，他一个人在集合的地点哭泣。每次这个梦的结尾都是他下定决心，远离这个城市，远离所有的人。他觉得委屈。

那只小肉鸟的皮特别老，有青色的皱纹，如果翻过来，能看见它的肚子一起一伏在呼吸。刚生下来的鸟又丑又老，慢慢才会长得年轻，像一只小鸟，这和人一生下来像个小老头一样。如果现在把这只鸟扔到空中去，它肯定像块泥巴一样落下来摔碎。

干吗不扔呢，它要真死了的时候，就摔不碎了。

姚男说今年扫墓最好玩了，那么多墓碑被推倒了，有的打了大黑叉，连平时准备了的歌都没唱。他看见有一个人的墓碑上写的是——这个人是搞女人死的，死得活该。我说，我也看见了。他又说，写什么也没用，反正他死了，他什么都不知道，给他唱歌、骂他，他都不知道。我如果死了就把自己埋在一个秘密的地方，就像没赶上春游一样，独自地死，远走高飞。

那只肉鸟又张开嘴乱摇头。我说你想办法喂喂它。姚男把肉鸟托到嘴边，含着它的嘴，让它吃自己的唾沫。

姚男说如果没春游，这个春天就根本没有。春天如果只是一个词的话，谁给我，我也不要，我干吗要一个看不见摸不着的词啊！你想啊，一个瞎子对春天的感受，可能就是从身上往下脱衣服，他只是觉得热了，但是热改变不了他眼睛看不见。他看不见花，就是真摸到粉红色的桃花，可能和摸着一片薄菜皮儿差不多。你给他一片菜皮儿，告诉他这是桃花，他能想出桃花和春天的样子吗？还不如给他一个灯泡呢，热的灯泡，烫一下，他心里的黑可能会亮一下，你觉得挨烫的时候心里亮不亮？如果能亮，我就给他一个灯泡，告诉他这就是春天，他也许会想得比花更形象。

我不喜欢桃花，桃花一落，再被雨一淋，就特别脏。如果没有桃花，我就不会觉得下雨是脏的。

那只肉鸟还想吃姚男的唾沫，他从口袋里掏出半个又干又黑的馒头，掰一块放在嘴里嚼了嚼，然后把鸟的嘴含在自己嘴里。那只鸟吃得特别香，脖子还有咽的动作。我觉得这只麻雀能养大。

姚男说，如果咱们小学春游了之后再停课，我就觉得特别高兴，如果没春游我就情愿不停课。春天钟表走得快，你没看见槐花都开了吗？咱们现在的春天是从墓地上带回来的，我想换一换，换那种从湖水上、绿草上，从湿泥中带回来的春天，我宁愿为此再写一篇有关春天的作文。你们知道，我作文一直特别好，是不是有一篇作文在你们班读过？我写作文的诀窍就是不按老师说的去写，我写过的作文，能使老师把他说过的话忘了。他们说我有想象力，我觉得每一个人都有，只不过他们不敢想。但是不给我春天我就什么也不愿意想，拒绝想。一个什么也不想的春天多无聊啊，你知道"无聊"这个词吗？无聊就是今天下午，我在这儿站着，你们看着我喂一只小肉蛋。

最后我们商量好了，第二天，步行到北海公园去春游，去办一次自己的春游，我、姚男、小建子、图南、丁子，还有那只肉鸟。

春天没有什么不同，如果你走进一个新的春天，最先想起的是过去的那个，不知哪年的，反正是过去了的那些春天。

北海也没什么不同，但我们走进去时，还是觉得呼吸特别畅快。

我们没钱租船，押金凑不够。我们看着划船的人在湖上，觉得他们的春天比我们的多了些东西，每个人的春天是不一样的。

我们在五龙亭的水边上都力图看清楚自己。我们看到的自己都不是想象中的那样。我们没穿新衣服，没系领巾，有的人头发很长。这不是学校组织的春游，没那么紧张，我们觉出了自由，自由的我们倒映在水中。

图南在一把一把地吃着槐花。他用皮带扎住自己的腰，然后爬到树上去，采下槐花就塞到背心里边，把那件背心涨得特别满。我们吃的时候也从他怀里掏，那些槐花免不了有他身上的汗味。

我们在公园里走时，开始越来越放松自己。我想起姚男昨天说的那个词"无聊"。我觉得这个词一说出来就特别像个大人，成人。在九龙壁前边，我突然说了声"无聊"，他们——包括路过的两个照相的人都惊讶地回过头看我。我忍不住大笑起来，指着那些龙，高喊着无聊，在春风中狂跑。我们一起跑，一起喊无聊。我们爬上白塔看着湖面的船，那些船像是不动的，再俯瞰那些小的车和人，觉得自己的心变大了。我们对一切都说着无聊，在那个春天，这个新的词传得特别远，响亮。

二

那天快走回九栋时，头上的柳条圈都蔫了，我们谁也没舍得把它扔了。我们要戴着柳条圈进院子里，让他们看看，我们刚从春天回来，我们春游了——北海。我们很疲惫，春天的疲惫。

没坐汽车，我们走回来的，把车钱买冰棍吃了。冰棍在太阳下冒热气，我们每个人都吃得非常经心，边走边吃。我们走过广济寺时，从大门缝里看到几个和尚在烧书。我们看了一会儿，觉得白天烧着的火不好看。

在一个胡同里，看见一个有抽风病的小孩坐在院门口，他的左手勾着向怀里颤抖，右嘴角流着口水，那个院子的门洞是黑的，院子里的阳光特别耀眼。他和我们差不多大，额头和脸上都有青筋。我们五个站成一排看着他，看着他像铁钩子一样的手和发黏的口水。我们都看得特别专注。他等了一会儿吃力地骂了我们一句，话说得不清楚，他骂我们的时候口水流得更多更快了。

我们五个人戴着柳条圈走过了很多相似的街，我们对那儿都不太熟悉。九栋是这个城市的郊区，院子的外边有菜地，也有农民。农民收什么就在地里吃什么，他们把一个大茄子破开，啃里边的白芯吃，他们的黑脸在白茄子芯上蹭来蹭去，他们吸鼻子的时候特别响，然后把一口痰吐在绿菜叶上。我们看他们时，他们就用茄子皮扔我们。如果正碰上浇地，他们就用铁锹顶着下巴，很远地和另一个人大声说话。他们说话有着许多我们觉得没意思的热情。

快到九栋时，已经傍晚了。进了院子，我们都看见了汪大义正把一门张亮的奶奶往一个水泥乒乓球台上赶。他手里也有一束柳条，比我们头上的柳条圈新鲜，像是刚摘下来的。他把几股柳条编成了一股，啪地抽着那个老太太。有好多小孩围在旁边看，他们喊的是打倒狗地主。此时没有一个人注意，我们头上的柳圈还有青青的香味。

汪大义让张奶奶在乒乓球台上学狗爬，张奶奶爬的时候，她的一双小脚倒过来，特别小特别笨也特别可笑。我们都听见了她肥大的棉裤在水泥台上摩擦发出的声音。汪大义用柳条边抽，边让她快点。

她翻过来，坐在水泥台上说："孩子们，奶奶累了。"

"打倒狗地主！"

她花白的头发，被口号声震得飘飞。

她又开始爬时，我想以后还能不能叫她张奶奶。她给我洗过西红柿吃，三个。我吃西红柿时，她缺牙的嘴一直在动，那时我觉得她在让我帮她吃一个西红柿，一个特别红应该吃了的西红柿。她的嘴在动，现在她在说"还不如让我死了"。

汪大义用春天的柳条抽在她身上，一条一条的土腾起来。

我们五个人散开了。小建子的爸爸是革命干部，他把头上的柳条圈摘下来，急不可耐地挤上去，他觉得用柳条抽张奶奶是一种行动，或是身份的证明。他举起柳条时，我想起了路上碰到的那张流着口水骂人的嘴，那张嘴不是我的。

九栋的很多窗户里都有一张大人的脸，有的有两张。他们好像不大有看的勇气，他们都没把窗户打开。

小建子把柳条编好了，他举起来准备抽的时候，二门二楼有一扇窗打开了，是他妈。他妈很美，也年轻。他妈喊了一声："小建子，回来！"小建子说"再玩会儿"，他妈说"回来！"。他妈喊得平静，声音不大，小孩们都回头看着。那声音很冰冷，不响，但坚决。小建子把柳条扔了，挤出了人群，他刚三年级，他跟我不错，今天还请我吃了冰棍。

有几扇窗户都打开了，很多大人都在喊自己的孩子回家，是吃晚饭的时候了。

我也回家了，我在四门楼道里看着，汪大义拿着一把剪子在剪张奶奶的头发。张奶奶坐在落满尘土的乒乓球台上，一缕一缕的白头发在她的周围。我把头上的柳条圈摘下，扔了。

上楼时，闻到了各家厨房传出来的葱和鸡蛋的香味。

生　病

我们只有在发烧时，才能接触到长辈的皮肤。他们把额头贴在我们的额头上，试一试谁的更热。

我生病时要吃一些药片。

药片里最难吃的是甘草片。它们难吃是因为有种与药有关的甜味，是种欺骗的甜味。药应该是苦的，像黄连片一样，放在舌尖上，苦遍全身。

那个上午，我看见我的血管在跳。把手举起来，腕子下的一根筋，扑哆扑哆地起伏着，这是现在我身体上唯一在动的部分。你睡着了它也动，在你思想、沉默的时候也动，动得那么无声无息。你听不到什么在响，什么也没发出声音，但它在动，你看见它动的时候，觉得自己从来就没有控制过自己，你是你吗？最起码不完整吧，你不是个完整的你，许多与你有关的事情你都不能控制。

他说他得的是败血症。当一个人告诉另外的人，他和某种病活在一起时，我最容易想到的一个词是"哲学"。我不知道哲学是什么，听说过这个词，但不懂它的意思。我只是觉得当一个人在想说明他身上的疾病时，似乎该与哲学有关。

当时我说，你将来可以去学哲学。

他听了我的话后，想了一会儿。我感觉到他想得很远，不是时间的远，是一种想的远，那种远有点像"自由"这个词，无法打断也无法得到。

他带着"哲学"这个词，开始跟我玩瓷片。瓷片是我们从地铁工地上偷来的。大人们管那东西叫马赛克，我最初曾那么叫过，后来觉得有点装腔作势。再后来，我们就叫它瓷片，我们愿意用自己的语言来维护自己。比如管书包叫粪兜子，管看大门的老孙叫老烟袋，管钱叫叶子，管警察叫雷子……当这些名词从我们嘴里吐出来的时候，我们的世界和成人的世界就不一样了，这种感觉是使我们热情而自信地活在世上的支柱。

我们玩"掉一"或"掉二"，这比"全抓"有更高的难度——把一排瓷片从手心转到手背之后，要在全部抓在手里的一瞬间掉一个或两个出来。这种技艺是我们在风雨里练出来的。除了语言之外，我们还掌握了一些大人们说毫无用处的技艺，比如玩瓷片、打杂、弹球、掼刀等。这是我们维持自己的另一种方法。当然这个自己并不是一个人，我说的是一个儿童群体。

他玩得很棒，几次都赢了我，一个人有了病反而会更专心。

除了玩瓷片的输赢外，我们俩那天还交换了一个词，"败血症"和"哲学"。我得承认他那个词对我的影响更大。在我看，他不是寻常的病人，他不发烧，也没有流鼻涕或缠绷带，他只是

33

脸白一点，我几乎不能把他看成是个病人。当时我曾想败血症这种病和"哲学"这个词之间一定有什么联系。它们都很虚空，无法到达，只有说出来了才像是存在。

那天下午，我对一个得了败血症的小孩有一点点的尊敬和崇拜。想想吧，是他而不是别人，不是我，也不是一个成人得的这种病。这确实有点不同，得承认这点。他顶着败血症的光环来到我们中间，那确实有严肃的理由，我觉得玩瓷片应该输给他，这是一种对疾病的尊重。

汪大志戴着他哥的袖标走过来的时候，我刚好输光了。汪大志从一门走出来，像是跟随着自己右臂上的红卫兵袖标的影子——他要把大家都逼成观众。他眼睛看着我们的时候，心其实在袖标上跳动。我能感受到他现在觉出了那条手臂很沉，他的余光总有一块红色的影子在晃，是种陌生又新鲜的荣耀感，荣耀一定是新鲜陌生的。

我想这些时，有病的他也感觉到了。

他把装好的瓷片又从口袋里翻了出来。找出一个小瓶子，倒出片白色的药片，用脏手捏着扔进了嘴里——就那么吃豆子一样地吞下去了。我问咽了吗，他说咽了。张开嘴给我看了看，嘴里什么痕迹也没有。

我突然涌起想吃一片药的愿望，或者说想像他那样地吃一片药。我没什么病，但我想吃药，就在这时候。我问他苦吗，他说没味儿。我觉得他回答得不够用心，药不可能是没味儿的。

我说，给我一片尝尝。他说行。他又翻出小瓶子倒出一片给

34

了我。我像他那样地把药扔进嘴里，扬头想咽进去。没有，吐出来了。我尝到了那药，真的不苦，还有点甜。我说这药是甜的，真奇怪，药真有甜的。

汪大志把他的胳膊更高地抬了一点，看着我们。

他把药瓶收了起来，说这药外边有糖衣，但吃进肚子里不舒服，会打一种水碱一样的嗝。每次这种嗝从肚子里打出来，他都会觉得肚子里在烧着一锅水，日夜烧着的一锅水，从来没有开过，可积了好多水碱。就像他家里的铝壶一样，一天比一天沉，等到沉得拎不动时，他就该死了。他又说，这种感觉你们没有，这就是病。

汪大志放下了那只胳膊，他甚至背过右手去搔了一下屁股。

我说你一定要去学哲学。他问为什么。我说哲学和败血症在一起显得非常完整。

他沉默着。

他说原来想当一名武生，在台上用方天画戟的那种，穿着厚底靴，也可以照翻跟头。表演死的时候直直地躺倒，一点都不弯，那种死比真的死还动人，嗵的一下，倒地。

他不怕"死"这个字，他也不怕直挺挺地倒地。学着做了，口袋里的瓷片撒落一地。

汪大志蹲在地上帮他捡着瓷片，问他什么是哲学。汪大志用右手捡着瓷片，那条胳膊此时像是什么也没戴。

他站起说，哲学是有关生死的学问，也和天地有关，也和人有关。

我没有想到哲学是这样的一种意思，他解释得也许很准确。在他说过了之后，我觉得这正是我心里想的哲学。但这些话如果不是他说出来的，我永远也说不出来。我活在世界上有很多话还说不出来，他今天告诉我了很多东西，我第一次输了那么多瓷片而无动于衷。

　　他打嗝了。对着我说，我打嗝了，你闻闻是不是水碱味儿。我凑近闻了一下，说是。我当时对败血症有了更加具体的感觉。

　　他没让汪大志闻。他说我家里还有一种酸涩的药水，你想不想尝尝。我说想。他说那走吧。

　　他口袋里的瓷片哗哗地响着，我跟着他。汪大志在我们身后喊了一声"等等！我也去"。

我爱奚小妹

　　……这是快门，这是镜头，这是取景框，横的，竖的。如果你想装胶卷，就把这个挡抽起来，打开了看，里边都是黑的。如果不按快门这里永远是黑的，黑夜，长夜难明知道吗？像死了之后的坟，快门是带来光明的一瞬，咔嗒，图像种在了胶片上，一个人或一棵树。我觉得照相，就是一个盗墓者闯进坟墓中留下的影子。

　　……史大夫曾经拍过裸体像，那时她还年轻，在旧社会，用的就是照相机。现在让一个老太太看她年轻时候的裸体，是最大的悲剧——悲剧。林黛玉得肺病死了不是悲剧，林黛玉老成贾母那样才是悲剧。我所知的悲剧都和美丽年轻分不开……什么?!你还不知道什么叫裸体，你怎么就会把照相机偷出来玩啊？裸体，就是裸露的身体，就是光屁股。我现在唯一想不通的是史大夫为什么要自己保存下来她年轻时的裸体照片，为了自己看还是为了给别人看？她已经是老太太了。她给谁看啊？当时她光屁股照相，除了那架照相机对着她，肯定还有一双眼睛要对着她，起

37

码一双——照相的人。那人是男的还是女的？听说她丈夫原来是伪杭州市市长。我最想不通的是，一个照过裸体像的人同时还是一个大夫，这让人怎么能联系起来？

她曾给我看过病，用冰凉的听诊器按在我后背和前胸上。她让我张嘴，用力地翻我的眼皮，那次她怀疑我得大脑炎了。

大哥在说完史大夫后，把照相机给了我。他又说，这相机只能装110的胶卷，110胶卷再见不到了，这相机现在成了个废物，老了，过期了，什么也看不见了，它是一个不能照相的照相机。

我接过照相机时不那么想，我觉得没有胶卷也可以，我看见大人们照相就是那么看一下按一下，有一个照相机按一下就一切都有了。

奚小妹那天在石灰池边上站着时，我正好路过那儿。她专心地看着那些生石灰冒泡，生石灰块一沾水就会像拳头一样地松开来。这我见过，它们冒白气，发吱吱的声音，你如果把手伸进去，会在今后的好几天中都觉得手被烫了。

奚小妹叫我的时候特别高兴，她让我走近点看她脚踝上长的一个大水疱，有枣那么大的一个透明水疱，光滑。

"我得荨麻疹了，是过敏，不传染。"她说。

"你想不想摸摸这个水疱？就是别把它弄破了。"她又说。

我蹲下，小心地用手指头在那个水疱上转了一圈，轻得像什么也没摸着。她说："我晚上睡觉时，特别怕它破了，我把两只脚绑起来睡，我想看看它到底能长多大。长得像核桃那么大时，里边的水会荡，一边走一边晃荡，像个铃，大包铃。这些天我的心都在这个水疱上，我今天已经给七个人看了，我没让他们摸，怕给摸破了，我就让你一个人摸了。刚才你没来时，我就觉得你一会儿就得从这儿走。"

我突然觉得必要的时候可以帮奚小妹打一架。丁子曾说过奚小妹给过他三张太妃糖纸，我觉得他损害了一些东西。

现在我摸过奚小妹水疱的那根手指特别沉重。

那天上午，我和奚小妹站在生石灰池旁边，说话都很轻。春天就是从那个水疱上长出来的，那个叫荨麻疹的水疱。

她夏天穿一双粉的凉鞋，头发特别黑，坐在我前边。那天老师让我背书，第八课《杨靖宇的故事》，我不会背，前一天我没有背这篇课文。我不爱背书，看过的东西不想看第二遍，我准备说我不会背。奚小妹在我前边把课文打开了，她移开她的黑头发，把书放在桌角上，我开始背了，用余光看着书，声音很响。

我从来没有要求过她这样，她以后也没有因为这事再说过什么。这个共谋给了我种奇怪的感觉，她有一半像我的同学，有一半像我的家人。

她家住九栋一门，我常看见她爸爸和她奶奶，他们在一起时说上海话，在路上、在家里都说上海话，那感觉像是在过着黑白片里的生活，《万家灯火》的生活。他爸爸有几双亮皮鞋，裤子不是普通的黑、蓝，而是咖啡色的。她爸爸是翻译，有一次我看见他穿着咖啡色的裤子在和苏联专家说话，他爸的声音很尖，飘在苏联人的笑声上。在我印象里他没怎么说过普通话，他的笑也是在说外国话时才有的笑，他的笑好像和他的家、九栋、设计院和奚小妹都没什么关系。我觉得他是孤单的，在整个九栋的大人中。他独往独来，没有朋友，星期天也不出来打扫卫生。

我没去过他们家，每次都是喊她一声，她跑出来的时候，有时手里还拿着铅笔。她的糖纸也都夹在旧课本里，没有我的多，但比我的平整。她说她先把糖纸洗了然后晾干了然后再夹起来，所以她的糖纸没有甜味。

我说我所有的糖纸都不想要了，让她随便挑，她喜悦中有点羞涩，给我的感受特别像《红楼梦》。我用一张一张的糖纸换了她的表情，我假装严肃，但身体里有种幸福的波动。那几天我常到各个垃圾箱里去翻糖纸，我捡到过最稀有的米老鼠全套、大白兔全套。从垃圾箱回来，我并不是马上就去找她，我为她把糖纸先洗一遍，我洗糖纸的时候很轻很专注，想起摸她那个水疱时的感觉。我没问过自己这么做是为什么，是不是喜欢上她了。我当时还不会那样自问，我的目的就是想看着她高兴。

有些小孩开始议论我了，他们说我好色。有一天我回家看见四门楼道里写着"邹大和奚小结婚"。是房勇写的。我看见这行字没有生气，我不知道九栋一门她家那儿是不是也有人这么写了。那天我没有新的糖纸给她，我准备用一张三角形的邮票把她叫出来，我想从她的眼睛里看看有什么不同。没有。她的喜悦比平时更大，那让我一再地在心里读着"邹大和奚小结婚"这句话。我差点念出来。我跑了。

晚上，我高兴后觉得她没有看见过那句话有点遗憾，我几乎到了深夜潜下楼去，到一门的白墙上把那句话写了一遍。我想知道她看见那句话会怎么样。那时我还不懂事，不知道结婚意味着什么，但我总是想就这么换糖纸样地把日子换下去，然后有个结局，好像这个结局就该是结婚。

丁子来告诉我奚小妹家要从北京调到中条山时，我一点也不相信。丁子说："她爸爸犯错误了，和李院长出国时，曾有一天晚上单独活动来着。单独活动是错误，她爸爸，还有童戈的爸爸都要去中条山矿了。"

我对中条山没有一点概念，在我的感觉中，她怎么会走呢？她在一门住着，那是她的家，我在四门住，这好像是个永远。就是她亲口告诉我要走时，我也想不出来，走后会是什么样的。

她跟我说她家要搬走的时候，没有一点忧伤。她说要坐火车走，穿过河北省，进入河南省。她说那儿是个矿山。她问我去没去过山里。我说没有。我说也许那儿特别好玩，有野兽，也有猎人。她说没错，她看过地图了，那儿是一串一串的山。她说着跑回家去把地图拿了出来，她指给我看的地方是棕赭色的，我想起她爸爸咖啡色的裤子。

想不出来以什么形式来向她告别，我准备用那架没有胶卷的照相机去为她拍照。我觉得有没有胶卷并不重要，关键是那种为一个女孩子拍照的过程，那种形式，是一种告别的形式。再有，我确实不明白拍照为什么要胶卷，我那时小学四年级，"胶卷"这个词没学过。

我拿着照相机去找她，她特别高兴，她说等一会儿，换了裙子再和我一起去。

是一个夏天的下午，我为奚小妹在八一湖拍照。她的比太阳还灿烂的笑一次又一次地进入到那个黑暗的盒子里，那个盒子连着我的心。我不断地重复着那个拨动快门的动作，咔嗒，咔嗒，我们俩做着没有穷尽的收藏。傍晚时，她说咱们俩能照一张吗，我说行。我们求一个过路的女中学生来为我们在水边照一张相。我们俩站在一起，她把手伸过来拉着我的手。我心里突然很乱，那个为照相的笑刚一结束就生出一些忧伤。她要走了，到那个棕赭色的山里去了。离别的感觉是从那一瞬间开始的。

我觉得她应该表现出伤心来，但没有。她对坐火车和去山里充满了渴望。

奚小妹走了，照完相之后突然就不见了，她们家走得很仓促。有一天下午，我透过那扇窗户看，她家已经空了。

我还以为能从照相机中取出照片来，我把那个挡打开，照相机里没有我期望的照片，什么也没有。大哥说，你没安胶卷怎么能出照片？我那时还是不知道胶卷是什么。我觉得没有照片也没什么，所有的图像我都能回忆起来，只要我想就能看见她。

我是在一个冬天收到她的信的。一个冬天的傍晚，我在四门四楼自己的房间里看她的信，狂风在窗外刮着。

笛笛同学：

你好！

我们家到中条山已经一年多了，我小学毕业了，你小学也毕业了吧？

这儿不好。没有野兽，也没有猎人，猪和狗都在街上转，很脏。这儿下雨的时候，都是泥，厕所里也是泥，还有蛆，我来的那天晚上就哭了。从那天起就开始想北京，想咱班同学，我给你写的第一封信没寄出去，撕了。

　　我越来越觉得你们都不理我了，就我一个人在这儿，听不懂他们说话，不敢穿裙子上街，夏天也不敢。我每天早晨和傍晚都趴在窗户上看外边的天，原来我觉得这儿对我来说是个梦，盼望自己快醒过来，回北京，回九栋去。现在我觉得北京是个梦了，过去的那些日子是我的梦。我的口音已经改变了，除了有时在读书的时候说北京话外，再也不说了。我不知道怎么会变成这样了，离开北京以后，我才第一次知道了伤心，我每天都记日记，回忆原来的生活，有一天我觉得自己不是在长大，而是在变老。我很想你们，是那种默默的想，想你们是我一天最幸福的时刻，但我知道一切都已经不能回来了。我们家阳台上原来有个马蜂窝，每天马蜂都飞去飞来，那天马蜂窝不知被谁给捅坏了，飞回来的马蜂在那儿打转，嗡嗡地叫。那时我想，它们为什么不离开这儿，到别的地方再搭个窝，那时我多傻。

　　你还攒糖纸吗？我没再打开过那些夹糖纸的书，每次要打开的时候都先流了眼泪，这时不能让大人们看见。我知道他们总在暗中看着我，他们干吗为我而内疚？

　　我最后想通了，我不能一个人留在北京，我是个小孩，我必须跟着父母，我已经慢慢习惯了。我昨天和一个比我大的女孩打了一架，我也用当地话骂她，我不会用北京话骂人，骂不出口，但我能用当地话骂，我正在和原来的我分开。我才小学毕业，不知道以后的日子还有多长。

　　我写了这么多乱七八糟的事儿，不要为我担心。原来这封信我也想撕了不寄，但我很想问你要咱们在八一湖那天照的相片，我非常想要，不知为什么。现在外边刮着很大的风，天要下雪了。我特别地想，也想你。我一直把你看作哥哥，或者是比哥哥还亲的人。

　　算了，不写了，但愿我走到邮筒前不要失去信心和勇气。

奚小妹
1966 年 10 月 30 日

　　我不知道该怎么办。我哭了。我没有照片。我想给她写封信，但不知道该怎么解释。我在深夜又打开那个照相机，没有奇迹，什么也没有。那时爸爸第一次被关进了牛棚，家里很冷清。我意识到过去了的一切都无法补救。

　　我第二天路过她家窗口时，看见已经有一家新人搬了进来。那人家有一个胖脸的小女孩，说话特别怪，是口音。

我走进一门的楼道，我在一块白墙上，看见了那行字还在——"邹大和奚小结婚"。

　　我用手把那行字擦掉，白墙粉飘了下来。

　　那行字通向的远方，一定在下雪。

鸡　血

在夏天想起的事很多，不同的夏天。

曾和同楼的一个小孩激烈地争论过，到底是冷水洗澡后凉快，还是热水洗澡后凉快。没争出结果。

父亲从我记事起就一年四季洗冷水澡。最冷的冬天，放半浴缸水，钻进去，露一只鼻子在外面呼吸，露一张嘴在外边打战。大约十五分钟后钻出来，用一条大浴巾把身体擦红，整个过程经历得悲壮且快乐。我在他的鼓励下也试了一次，没那么悲壮，也没那么快乐，总的感觉像自己跟自己过不去。

父亲对所有的养生之道接受得很快。三年困难时期，流行泡小球藻，就泡；后来流行泡海宝，就泡；再后来的红茶菌、甩手操、搓花椒棒、梅花桩、床上八段锦都试过。现在八十岁的年纪，依旧可以用毛笔写大字小字，一里地之外把一篮菜拎回来。我想这主要因了父亲对生活的信心和热情。

"文革"时流行打鸡血，我在卫生室门口曾见到过抱着公鸡排队的男女，等着那个忙出汗来的女护士，把公鸡的翅膀掀开，在翅膀的根部找动脉，在动脉上搽碘酒，然后一针刺进去。那只惊恐的公鸡此时在主人的怀里闭上眼睛，它不知道，等会儿一只鸡的血就会流进一个人（男人或女人）的血管里去。这只高扬人道主义精神的公鸡，抽过血后，两腿不稳地在地板上站着。它会疑惑，这些人为什么不去一个有锅、有火的地方，把我杀了，煺毛，炖熟，吃进肚里，而要玩这种血浓于汤的游戏。一个血管里流着公鸡鲜血的人（男人或女人），他们不怕自己突然有一天去晒台上打鸣吗？

我怕。公鸡是我养的，在院子里的斗鸡游戏中它为我争得过荣誉。它是个大英雄，我不愿意大英雄的鲜血被阴谋转入凡人的身体中（虽然父亲在我眼中从不是个凡人，但我更想维护英雄鸡的鲜血和气概）。市场上公鸡越来越难买了，我觉得街上有一半人的血中掺杂进了公鸡的血。他们都是成年人，孩子们更爱鸡，但他们没想到要和它们有血的联系。

公鸡在我去上学的时候，被邻家借走了，许风的爸爸有慢性腹泻症。讲好了只借一次的，我回来时看到它在窝里趴着。抱起来时，感觉它轻得像纸片一样，浑身发抖。掀开它的翅膀有黄色的碘酒瘢，英雄的血去拯救腹泻了。它不再司晨，也谈不上去疆场驰骋。院子里的斗鸡游戏一时改成了弱鸡疗养这一项目，大人们毁灭了多少英雄。

问许风他爸爸的腹泻好了没有。说不见好，多了另一种症状：爱发脾气。许风说，父亲从小到大没打过他，打了公鸡血后，有天为削萝卜的一件小事打了他，并挥舞了一下菜刀。许风说可能是你们家公鸡太厉害的缘故。我说可能。许风说他们为什么不打母鸡血,那样整个社会会温柔些。我说不行,那样就没了造反精神,公鸡血是革命血,不是每个人都可以打公鸡血的。我爸爸不能打,要么挥菜刀的该是他。

我依旧记得那次我们俩对鸡血的深入研究。

不知什么时候没人再打鸡血了,也没听人说过打鸡血不好,就突然不时兴了。

广播上说:肉鸡,七个月长成,耗饲料五十斤,得利六元左右。

鸡只用来吃了,这真是人和鸡的寂寞。

羊 坊 店

我们住的这一带叫羊坊店，总是想为什么叫这样一个名字是个傻问题，我没想过这事。我对一些地名不太喜欢。我对好多地名都不喜欢，因为在你没来的时候，它就叫那个名字了，你来了，它没有什么改变。它为什么叫这样的名字你不知道，它还要这样叫多久你也不知道，你住在这个地名上像个客人。"我住羊坊店。"你说完这话想想，羊坊店并不在意你是否住在它这儿，你走或来它都无所谓。但九栋不一样。九栋一盖起来你就来了，你在那些新油漆刷过的房子里起过荨麻疹，那些楼道里的痕迹，有些是你划的，它的气味和样子都跟你有关系。

那天大齐来告诉我们那个消息的时候，我们正在热火朝天地玩骑驴，是冬天，我们都闻到了自己的汗味，奇怪的是谁也闻不到别人的汗味。冬天太冷了，汗味很珍贵，你偶尔或不经意地低一下头，汗味从领子口里涌出来，有种会心的温暖，自己的温暖，没法说出来，别人也不知道。

大齐说：下午公主坟被挖开了，修地铁正好要从那中间穿过

49

去，就挖了，一下子挖出好多的东西来，有绸缎也有珍宝。绸缎挖出来的时候特别鲜艳，像戏装那样有金丝银丝，没过一会儿，绸缎掉色了，被太阳一照，风一吹，花瓣一样地脱落了，碎在地上。当时在场的人突然不敢动了，觉得自己拿了绸子的手也会跟着碎落在地……

公主的棺材被起开的时候，风住了，光从地上升起来，公主的脸色苍白，玉石一样的美丽，有一股香味飘出来，公主的眼睛从来就没闭上过，是那种似笑非笑的毛毛眼……工人师傅们都不干活儿了，他们不知道该怎么动手——现在公主还躺在棺材里呢……

我们听到这个消息后，天正黑下来，是该回家吃饭的时候，没回。一共七个小孩，翻过九栋西边的围墙，抄小路向公主被挖开的棺材跑去。那个地方叫公主坟，离九栋有两公里。

天黑了，土路上棉鞋的声音把七个人的脚步弄得像支行进的队伍。我们都没说话，各自想着自己心里的公主。我们在一个冬夜的晚上，星星出来的时候，去看一个公主，还有比这更迷人的事吗？虽然那个公主已经死了，不是假死是真死了，但那也是个公主啊！有公主的地方总会有故事。这故事里边如果也有我们的话，我们可能就会进入另一世界，那种可以用文字编织起来，寻常人走不进去的世界。那个世界老演出这个故事等你去看，你想着的时候，它就演给你，一代一代的人不会烦。两方都不烦。我真想进入一个故事，一个没牙老太太或戴墨镜的盲人讲出来的故事，谁讲没关系，只要能进入一个故事就行。

公主千万不要像那些绸子一样化了，如果公主化了会是什么？白玉的碎片？一个有半张图画的瓷片？旧照片？旧照片不会风化，比白玉的碎片好，我看过抄史大夫家的满地的照片，史大夫年轻时美得不像她。那些旧照片被人用脚踩来踩去，脸上有脚印了还在笑，一个被人踩了一脚的笑。

我们的喘气声，使那个夜晚充满了急切和向往。我们要看到的东西，并不是曾经想过的，梦也没梦到过，我从来没想到过这一生中还会看到一个真正的公主。公主早就没有了，如果有，她还活着，可能要叫同志，某某同志。一个死的白玉一样的公主真吸引人，她是顶着公主那个名字死的，这时候你想叫她女同志已经不行了，她不会承认，不会答应，所以她比一个活着的公主更是一个真的公主。我将看到一个真的公主，我们都能看见。

就是在那个地方，我们看见的是一辆大铲车在冬天的一盏灯下挖土，就是那样，在那个叫公主坟的地方，我们想看到的东西没出现，什么也没有，没有碎片也没有公主。脚下是新挖出来的湿泥，这儿没有改变它普通工地的模样，铲车在一下一下地挖土，除了我们之外，没有别的人在这个时候看它，它真是没什么可看的。铲车有什么可看的，它只不过是个机器，而我们想看人，虽然是个死人，也比看机器有意思，机器连死人都不是，它从没活过……是他妈的谁总想拿机器代替公主给我们看，我们干吗要来看一辆铲车呀，破铲车。我们在那一刻真是失望极了，我们抓起地上的泥向铲车扔过去，它一动不动，照样干活，它不疼，它连疼都不会。一个不会疼的东西懂得别人在伤心吗？懂吗？房勇扔泥巴的手停止了，他抓到了一块破木片子，他没把木片扔出去，我们反身回家。

在回家的路上，我低头没有闻到身上的汗味，我们失去了激情，如果倒着走的话，还能想起来时想公主时的情景。那些想象已经和路边的树和木栏杆什么的连在一起了，而正着走时只能看到铲车。我们七个小孩都倒着走，边走边说，是房勇先开始说的。他说：我们爬上特别高的泥坡，看见公主躺在深坑里，不知谁在她的身边点了一圈蜡，她的脸被烛光照得有点发粉，像活着。那时工地一个人也没有，工人都吃饭去了，就我们七个小孩。我们趴在工地上看着公主时，天上只有七颗星，别的星都隐退了，根本就没有月亮。我们七个人按着七颗星的位置站好后，公主突然就开口说话了，她让我们把她带走，用眼睛把她带走，用眼睛把她藏起来，她说你们一起睁开眼睛别动，当我让你们闭上眼时，你们就闭上，那时我就分别藏在你们七个人的眼睛中间了。你们再睁开眼时，这儿可能就只剩下一圈蜡烛。后来我们按照公主说的去做了，真像她说的那样，再睁开眼睛时她已经不在了，一圈蜡烛还闪着光。现在公主已经分别地藏进了我们七个人的眼睛里，我们每个人的眼睛里有她的一部分，而心里有她的全部……

我们一边退着一边听着房勇编故事，我们对这个故事变得十分向往，我们纷纷加入进去，对一些细节和个别地方进行了补充和丰富。后来有的人提议让公主复活，我们七个人在一起的时候，公主就出现，为我们洗衣，表演歌唱。我发现我们那天把自己的故事编进白雪公主那篇童话中去了，因为那天我们正好去看一位公主，我们正好是七个小孩。我们的生活在那一天与童话有了很紧密的联结。

真不想回家，我们在围墙外边想把那个故事编下去，星光在头上闪烁，冬夜的温暖来自宁静的幻想。

房勇捡回来的破木头后来成了这篇童话向更广大的人群延伸的证据。经过更多的传播和扩展，公主坟的故事被演绎得越来越生动，再传回来的话已经让我们听得目瞪口呆了。有些人说那天晚上的蜡烛是从地里升起来的，还说当夜有七个魔鬼肢解了公主，整个工地一夜都听见了吃肉和嚼骨头的声音，公主身上的珠宝都被毒药浸过，只要一戴上就立马会死。还有人说那公主的美是有害的，有一个色鬼夜里扑上去的时候，下身一下子就烂了。他们说这事儿的时候，还说出了那人的名字。我们认识那人，他是送煤的，我们觉得他们让一个满身煤黑的人来充当这样的角色，是对公主白玉般面容的仇恨。

我们没想到一些人在编童话的时候，一些人在想着吃肉嚼骨头，人群真像一根臭肠子，大人们在一起的人群是个臭肠子。

去看挖开的坟的人也越来越多，公共汽车不好挤就走着，那几天西长安街上流动着去公主坟看公主尸体的人群，看过之后的人都各自带回去一个有关公主的故事。我们最奇怪的是没有从一个人的嘴里听到过"铲车"这个词。这使我们几乎认为我们那天没有真正地到达过那个地方，而我们后来编的故事倒像是真的。

大齐又来了，他说，他下午去了，已经没什么人再去看了，因为贴了一条标语——"不做封建阶级的孝子贤孙"。他说那条标语贴在了一辆铲车的臂上，当时，我们都听到了，终于有一个人说出了"铲车"这个词。

坛 子 人

　　小时上街，最爱逛三种商店：无线电行、书店、委托行。上街从来都是步行去，手里只有几角钱，实在抽不出一点儿再去坐公共汽车。那时小学和现在一样，星期六下午不上课，总能约到几个伙伴儿走。从军事博物馆走到西单，也许有十里路，要走一个多小时。每次走，大家都要相互警告别让生人摸脑袋。那时大人告诫我们，街上有"拍花子"的，专拐小孩。大体手段是：用涂了迷幻药的手，在人头顶拍一下，然后你就看到除了那人身后是路外，两边都是滔滔大水，你没办法，只有跟定他走。拍走的小孩大多卖给走江湖卖艺的，他们把你的舌头割掉，装在一个正好能盛下你的坛子里，头露在坛子外面。每天喂你点儿吃喝，你的身体在坛子里长成一团，头很大地露在外边，然后拿到街上去展览。这种人叫坛子人。

　　小时听完这些话，总觉得自己有一天会被"拍花子"的拐走，去当一个备受欺凌的坛子人。过后，有一天突然见到自己的家人在观众圈中看着你，情感相通，相认，然后逃出苦海。

这种事一直没发生。在街上我们常注意大人，大人从不注意我们。我们凭外貌怀疑一些人，躲避一些人，每次都充满了想象中的惊险，而后又平安地回家了。

从小学二年级到六年级，我常这样走来走去地上街，有时带回一只耳机子，有时是本书。到委托行去主要是看那些旧东西：笨重的钟，画有图画的烟壶，没有弦的小提琴，带猫眼的木壳收音机，怀表，有樟脑味儿的旧皮衣，水烟袋，旧地毯。那儿的东西极为丰富，每件古旧的东西都有不凡的经历，如坛子人一样，落难在此。

偶尔有拿着东西到柜台上去卖的。一只表被打开，柜台里的人戴上一只修表的独眼镜，看过后说"卖××元，托××元"。那人如不急，就委托在那儿；如急，就说卖了吧。世上总有人在等钱用，他们放下表，数了钱，急急地走了。

那时北京城里，据说有专门吃委托行的一路人。在这个店里，看到件好东西标低了价，买下了，去另外一个店卖，有时能赚十块八块的差价。当然，他们要有超常的眼力和经验。

碰到委托行堆满了东西时，我已快下乡了。北京大多的机关都忙着举家迁往"干校"或"三线"，家里能卖的东西都往委托行拉。加上不断的抄家物资处理，委托行都堆满了东西。最占地方的是钢琴、沙发。我看到过标价一百八十元的三角钢琴；还见过一位老者雇了平板车拉来的一对皮沙发，委托行只答应五元钱收，他说不够付车钱的，但最后还是卖了。

父亲也要走了，家里堆了些草绳和纸箱。走之前，他让我去处理一批外文旧书，那些书都是精装的，很沉重。我用自行车拉到了西单旧书店。我前边，有一位母亲带着一个与我年龄相仿的女孩子在卖书。那么多的书，被收购的人拣选着，说哪些要，哪些不要。很多书都是成套成套的，我只记得有套《太平广记》，按五分钱一本收了。女孩站在旁边，更多表现得手足无措和害羞，像在做什么见不得人的事。有些不要的书，收购的人说可以按废纸收。那母亲想了一会儿，决定不卖。她把那些书重新打捆，求我帮她抬到门口去。我一直帮她抬到自行车上，她随便抽出本书送给了我。那女孩走时看了我一眼，像是轻松了点，她知道我也是来卖书的。送我的书是凡尔纳的《海底两万里》，那是本不该在那个时代看的书。

轮到我了，那人看着一堆外文书说都不收，如卖按废纸收。爸爸临来说，不管多少钱，卖了。不过我想他可能没想到会按废纸收。我说："卖吧！"那人拿起书，哗地撕下那些精美的硬布面，我问："这是为什么？"他说："这东西压秤，不能要！"他一本一本地撕下那些精装的封皮，然后把那些被剥光了衣裳的书放在秤上。我把一个个硬皮收拾了起来（两捆书得了一元二角五分），其实我要那硬皮没用，但我觉得它应该被安置在适当的地方，不能在收购站被众多的脚踩来踩去。

父亲对书的价钱表现得极平淡，好像那书就值那么多钱。他把书钱都给了我，把那一捆书皮收下了，那种表情极像在收回已经变成坛子人的孩子。

后来，我用那一块多钱在委托行买了两样东西。一件是用红木雕成龙形的台灯，灯罩是丝绸手绘的，做成六角楼阁形，下有流苏，灯座上是一瓷烟碟。我喜欢那条龙，就花一块钱买下了。再一件东西是一个小木柜子，打开门里边有小抽屉，柜子极小，但一应俱全，铜拉手、铜包角，我花了六角钱买下了。

多年之后，这两件东西都没了。可能我下乡，搬家搬没的；可能还在我父母家中的某一僻静处，再没有去找过。

风中沙粒

一只茶杯

我有一只搪瓷茶杯，二十二年了，一直没用过。上次搬家从箱子深处翻出来，崭新的，杯子上印有"上山下乡光荣"六个红字，旁边一朵大红花，红花下有绿色的梯田。

看着杯子，耳边就响起很热闹的锣鼓声，还有红色的布告、草绳、木箱、新发的军绿棉衣、兴奋或悲伤的眼泪、血书、母亲深夜缝褥子时的灯光……

1969 年 8 月 16 日，北京火车站，父亲从站台的圆柱背后移出来，他顶着"反动权威"的帽子，从牛棚中告假来送我。父亲眼镜片后边的眼睛里没有太多的悲伤，他夹了把小提琴来，说是可以在接受贫下中农再教育之余，搞搞娱乐。我接了那琴，没有太多的话想说。我一直盼着离开北京，离开家，离开那个歧视我的楼区。

父亲在车开之前就走了，他说只请了一会儿假。父亲走了，他可能忍受不了开车前的铃声，我把窗口让给其他同学。开车铃响时，车上车下突然放声大哭起来，我一生中再也没有听到过那么众多的哭声，像一条河流崩溃了。我没哭。我端坐在椅子上，觉得没什么可哭的，我把北大荒想象成能使我畅快呼吸的地方。

我第一次坐火车，一直兴奋地看着沿途不断变换的风景。同学们彻夜不眠，交谈，打闹。我再想不起来一群十六岁左右的大孩子们，一天一夜说了些什么。我们都把这当作一次短暂的旅行了。

北大荒，这名字真准确。头上是天，脚下是地，站起是个人。在这里一个人的呼吸很微弱，你更多感觉到的是土地、云朵、星空，自然的世界，人只是个附属品。

1969 年 10 月 1 日，黑龙江生产建设兵团一师六团所在地德都县下雪了。这像是来得太快了点，没来得及拿出冬衣，没有炉子也不会生火的三三班的同学们，拥卧在一座未竣工礼堂的寒冷舞台上，在听天安门的国庆庆典。那些熟悉的声音被窗外的雪花隔开，被半导体中不清晰的声音隔远了。二十来个大男孩子，被寒冷和怀乡搞得很消沉，没人说话，也不知该说什么。

我拿出提琴来，想拉个曲子（其实我就会拉三四个简单的歌），我拉了，是俄罗斯民歌《茫茫大草原》。这歌是讲一个马车夫将死的故事，很忧伤，与窗外的雪花构成清冷的情境。我拉了一会儿，放下琴时，发现大部分人都哭了。有人躲避着，用胳膊盖着眼睛；有的人张着泪眼，无声地看着我。我把琴放进琴盒，瞬间，有泪流出来，打在躺倒的琴身上，发出空洞的声音。

那是我们三三班集体流泪的唯一经历，以后再没有过。眼泪有时比火更有力量，经它冶炼的情感会更接近铁。

一支牙膏皮

1971 年，我到北大荒已经一年半了，大部分人已回过家（不请假，逃跑）。我因父亲的问题没解决，就忍着不想回去。4 月，父亲来信说，他已被放出牛棚，问题正在澄清，希望我能回趟家。去请假，连里不准。我就和一个同学商量好了，准备一起逃跑。

5 月，北大荒的雪刚化。一天早上，我俩踩着泥泞从水库工地跑到了火车站，为了躲避警卫的检查，等火车要开了，我们才分头爬了上去。

我们没买票，不是没钱，有三十多块钱，想带回北京去花。那时知青回家大多不买票，把两天一夜的旅程当作锻炼能力的机会（这话听着不真实，不过确实是这样想的）。

钱要藏好，否则被检票的搜出来，要全部没收。临走时，我把一支牙膏挤掉了一多半，然后，把牙膏尾部撕开，把钱折小后塞进去，再把牙膏皮从后向前卷起。

平安地到了哈尔滨。

换车，再走，火车刚到双城堡，我们就被赶了下来。是半夜，下着冷雨。候车室又脏又冷，没什么人。一个脸上有伤的大胡子总围着我俩转，有点怕，就出了候车室去外边等。外边黑极了，没有一点亮光，过了一会儿，才看清楚外边站了一地的牛，那时我的脸差点撞在一头牛的屁股上。冷雨中的牛静静站着，更觉恐怖，就又反身回了候车室。大胡子再过来，告诉我们："别买票，下趟车来了再混。"我们没听他的，买了张短途票，黎明时上了车。

那车是到天津的，我们一路躲躲闪闪终于到了。用了一个小时也没有出车站，最后发现个厕所，我们从厕所窗户跳了出去。

快到北京了，出来两天两夜的我们已很疲倦，很脏，也很兴奋。在天津悠闲地看了半天市容，再想进火车站已没那么容易，站台票不卖，想进进不去。

我现在已想不起来是他坚持不花钱回北京，还是我坚持的，总之我们没动牙膏皮里的钱。

第二天一早，京津公路上就多了两个步行的"青少年"（别笑话这是个傻主意，那年月干的傻事多了）。我们边走边拦车，没有一辆车停下，没有一位司机愿意让我们搭乘。就那么一直走到当天深夜，天下着小雨，我们傍晚就走过了杨村。又累又困，像两只影子在路上飘着。最后，他靠在一棵树上说要睡一会儿，我也就在他身边的泥地上半卧半躺地睡着了。

不知多久，有人在摇晃我们。

"嘿！醒醒，醒醒！你们去哪儿，怎么在雨里睡觉？"

是个司机，路边停着辆卡车。

"回北京，走不动了，没钱坐车。"

"从哪儿来的?"

"北大荒。"

"几师的? 六九届的吧?"

"六九届，一师的。"

"嘿哟! 我那小子也在一师，你们怎么走着回家呀? 上车! 快上车，我拉你们回去。"

我们湿漉漉地要爬进后边的车厢里去，他说进驾驶室吧，后边太冷。

碰到好人了。他一路问着北大荒的情况，说一看见我们就想起他儿子来了，他真怕儿子也这么往家跑。

汽车很快地过了通县，到了大北窑。他把车停下，说不能送我们回家了，掏出一块钱给我们，让我们坐车回家。我们不想接那钱。他说没钱就拿着吧。我们接了，装得像确实没钱的样子，用那钱坐汽车回了家。

这事一直使我耿耿于怀，我们骗了一个好心人。骗好心人的滋味不好受，后来牙膏皮里的三十块钱，我们始终有一块钱没花，盼着能再碰见他，把钱还给他。

一个脸盆

不知从什么年代起，塑料开始包围我们了。塑料地板革、塑料墙纸、塑料脸盆、塑料菜板、塑料书包、塑料假牙……塑料遍天下，但永远不会出现塑料饺子或塑料汉堡包吧。塑料那东西让人觉不出一点历史感。它像个暴发户，使人觉得厌倦而无奈。

我的生活中已挤进了很多塑料，但脸盆我一直拒绝用塑料的。我用那种最普通的搪瓷盆，稍不留意，它会掉下点瓷来，露出长了锈的旧事。

刚去北大荒那年的初冬，三三班的男生从寒冷的舞台搬出来，挤进一些原本很挤的小宿舍里。说小也不算小，每屋有十六人左右，上下铺，不过比起邻近连队八十人一个大屋，还是小的。

宿舍小，早晚洗脸成了问题，每次只能三四个人蹲下洗脸。常有屁股撞脑袋的事发生。宿舍小可有个不小的脸盆架，十六只新盆，三三两两地叠放在上面。一次检查内务，当地老李说："都是小子们，整那么多盆干啥？有一个就够了。"不想他这话以

66

后应验了。

我们连，并房挨着酒坊，酒坊有一座草舍，草舍是堆料的仓库。那天夜里就是这座草舍着了火。

救火使我们这些半大小子们感到了责任和正气，大家一人抄个脸盆往外跑。水井的辘轳不停地摇着，一盆一盆地往房上传着水，水接不上了就去雪地里装雪。脸盆上下飞传着，扔上去又扔下来。房上的人勇敢地接近火，泼水、催促、叫喊。水泼湿了衣服，一会儿又结了冰，我们就穿着冰的铠甲来回奔跑传递。那种兴奋、忘我、团结的精神，使人感到了力量。亏了人多脸盆多，火就小了，要灭了。这当头，先上房的一个同学不小心从房顶漏了下去，被烧红的木头烫伤了手。

火灭了，大家带着一身的烟灰回宿舍，依旧被救火的紧张兴奋着。想起洗脸时才发现脸盆全扔在火场忘了拿回来。盆架上只剩下一个盆，就是因救火被烫伤了手的那个同学的。他因最先跑出去，没想起拿脸盆。

第二天一早，各宿舍的人都去火场找自己的盆。我平生再没有见那么多破脸盆……一夜的扔、摔、踩，脸盆全都没了模样，或瘪，或漏。据说有个别稍好的，早被女生们捡回去了。我们宿舍的人一个盆也没捡回来。

在火场上，当地的老李说："破草房，烧就烧了，烧光了也不值俩盆钱，看这一地的盆，还烫坏了个人。"

这话听着挺扫兴，可我们都不这么认为。我总觉得昨夜显示了一种精神，脸盆事小，精神事大，没有一个人为失去个脸盆而沮丧。事后，老李因为说怪话而受了批判。

再后来，那位烫伤的同学在做讲用时，曾狠斗私字一闪念。说他也有私心，他没有拿自己的脸盆去救火，致使全宿舍只有他一人的脸盆完好无损。这曾使我很久疑惑不解，我不知道他真这么想过，还是为了生动、深刻，为了效果。我知道他的盆是偶然被留下的，因为那天大家拿盆是胡抄，并不是自己拿自己的。

事后，我对很多事不再单纯地看了，我总觉得有出乎意料的言语来粉碎我十六岁的激情和坚定。我开始觉得老李的话也并不错，尤其邻近连队有位同学为救一个柴火垛把脸烧伤之后。

"青春"是个大词，不好把握，把握这个词不如把握住每一段时间、每一件事。我确实不能靠这两个字回忆起特殊的东西来，也许要到常说"过去"的年龄，我才能真正理解这段时光。

避 雷 针

一个集体要共同打发无聊的日子，最好的办法是打赌。

打赌的方式因时因地而变，随处可发生：吃饭时赌吃十五个馒头；行路时赌攀上电线杆摸瓷瓶；赌跳桌子、跨沟：一支烟点二十个炮捻（开山炸石头）；赌一斤半白酒一口喝下去（此人后被扔在雪地里冻了个把钟头，醒了）。打赌的花样着实很多。

整个世界打赌的方法就更多了，大多被一部叫《吉尼斯大全》的书收集起来了。这使打赌显得很隆重和正规。那些能迅速吃完三十根辣椒的兄弟和伟大的政治家一样可名垂青史。这没有什么不应该，人类要打发的日子太多，太漫长。

在北大荒的那些日子，实在靠了打赌来提高了一些平庸日子的质量。现在回想起的岁月，其中贯穿了许多打赌的情节。

夜猫子和苗全三九天去井台上打水（零下四十度），夜猫子把新买来的脸盆扔进井里了。一个敢扔一个敢捞，苗全脱光了衣服下到井里，把盆捞了上来。夜猫子输了瓶罐头，夜猫子也觉得自己出了口气。他恨苗全处处压自己一头，他后来把新捞上来的盆当尿盆了，天天往里撒尿。

一个雷雨很多的夏天，我们在粮库卸粮食。一个一个麻袋从肩上过去，一片片的乌云也集在头上了。哗地就下雨了，铜钱大的雨，磨盘大的雷。一声一个闪，震得粮库上的瓦嗡嗡响。

粮库旁边是面粉加工厂，厂房三层楼，楼顶两面坡，起脊。脊上有根避雷针，是方圆百里中的唯一的避雷针，避雷针在闪电中叉开三个指头，有种轻蔑感。

雨大，人都在屋檐下闲看。老尖喊："谁敢这时爬房上摸避雷针，赌酒一瓶。"没人理他，雷比原来还大了。这是个死赌，出死赌的人是无聊中的下品。他又喊："再加一瓶。"有起哄的跟着喊加酒，一直加到七瓶了，还没人应。

雨愈大时，夜猫子蹿出了屋檐，往面粉楼外的铁梯子跑去。闪照在他身上，像两个人影在跑。他要应那个赌，大伙都站起来了，看着他。

攀上铁梯，瓦很滑，在屋顶上夜猫子脱了鞋，扔了下来，他光脚站在瓦上，一个闪打下，他光焰万丈，显得高大。他俯下了身子，在瓦坡上爬着，雨哗哗地从瓦上流下，他爬得很慢。大伙看着，觉得他到不了屋脊就得被雨水冲下来。苗全喊了声："下来吧！算你赢！"声音被雨淹没了。大伙一起喊："算你赢了！"

夜猫子小心地往屋脊上爬着，极大的一个雷劈下来，眨眼间，夜猫子消失了，屋脊上边不再有他。苗全哭喊："×你妈，算你赢了，还怎么着！"

雨更大了，黑暗中，夜猫子从屋瓦上拱了起来，他刚才滑倒了，没掉下来。夜猫子一步一步挪上了屋脊，一只手抓住了避雷针。夜猫子抓着避雷针在房脊上站起来了，风雨、黑云在他头顶。天空中炸雷炸开，闪电把他照亮，夜猫子英雄般地俯瞰我们，喊了一句："看清了吗？"我们仰视着他高喊："看清了！"夜猫子回望了一眼天空，享受着风雨中英雄的感觉，恋恋不舍地下来了。

七瓶酒买来，把全班的人都喝醉了。夜猫子滴酒未沾，英雄的感觉已使他无比地陶醉。

第一次割麦

在六团宣传队时，曾排过一个舞蹈《丰收舞》。六个女孩子，左手持条黄绸子，右手拿一柄道具镰刀，在舞台上做割麦子状，轻盈、欢快。那些假想的庄稼被割倒、收起，始终伴着微笑。我在这个节目中担任伴奏。我总想奏出割麦子的效果来，把一张弓狠狠地压在提琴弦上，每每招致乐队同人的斥责。我想这是我割过麦子而他们没割过的缘故……

1969年到北大荒，已是8月中旬。麦子们还在地里泡着，连绵的秋雨，使得机车不能下地。麦子们熟在地里，像一群走不回家的童年。那时提出了一句口号叫"龙口夺粮"，当时我很为这口号兴奋，它神话和战斗的气氛，极符合一个十七岁少年的心态。

镰刀发下来了，是北方那种简朴的镰刀，我们每人抢了一把，学着当地人的样儿，在一块石头上吐口唾沫磨起来。磨好的刀，用指甲一试有轻微寒冷的感觉，一挥，身边的草躺倒一片。这增添了少年人要去干事情的豪气。

出发时天还下着雨，我的同学们翻出各自的雨衣穿上，雨衣的形式各异，大多是那种浅色的风雨衣，它们都来自各人的父母。更可怕的是那些风帽（大多是鸭舌帽或干部帽），戴上之后，使这支收获的队伍显得有点三心二意。

没去过北大荒的人对"地"不会有明确的感觉，他们会认为无非是从高处往下看，分割成一块儿一块儿的田地。北大荒不一样，有些地拖拉机开个来回要一天。在这样辽阔的大地上割麦子，一支镰刀变得极其微小了。

我们看着这铺天盖地的庄稼，无从下手。排长叫喊着一人六条垄，一人六条垄……将每一个有镰刀的人推上前线。我旁边是小哑巴（他不哑，只是舌头大，说话不清），此时他的装扮更像一个潦倒的商人，风雨衣的下摆已然涂满泥浆，鸭舌帽与他的头不够配套，低头或抬头都会罩住他的眼睛。

真割起来时，那种挥刀砍草的豪气一丝不存了。一束一束泡软了的麦子割下去，往往是连拔带砍地才能搞出来。刚割出十米，双腿就全部陷入泥里了。麦子们浮在泥浆上，不是等人来割，该是等人来捞。雨下大了，整支人马全都将双腿陷在泥里，那些米黄色的"风雨衣"都转过身来，看着排长。同样陷在泥里的排长打了个手势，很轻地说了声"收工"。人马从泥里爬回地头，割下的几株麦子被泥水掩埋了。

泥水是战争失败的原因，回来的路上我想起了滑铁卢之战。

以后的一个月中，我们都在七号地中割麦子，天不再下雨，地渐渐干了。几百号人在漫无边际的庄稼地中割着，我们时时直

73

起腰来看看远山，那山的边缘，就是地的尽头，什么时候能割到啊。

开始几天，那些磨快了的镰刀相继割伤了许多同学的手、腿。我不再磨刀，用一种砍割的方法前进。在这儿我要感谢我的一双破翻毛皮鞋，它抵挡了很多次镰刀的偷袭，我没受伤。一个月中，全班三十多人只有两个人坚持着割下来了，我是其中之一。

累倒是正常的，最难忍耐的是没有水喝。担水的人从遥远的连队担水过来，一路摇晃，到地头水只剩下一半了。要是反应再稍迟些，你冲到水桶旁，桶已然空了。口渴的你面对一只空桶，渴就更强烈。

后来我们发现那些低洼的地方有一尺来深的积水，上面浮着一层绿苔和蜉蝣。几次想喝都下不了决心喝。还是狮鼻想了个办法，他把一支麦秆儿吹通了，然后探进水里，避过绿苔和小虫子，轻轻地吸着那些积水，那样子使人想起在北京喝北冰洋汽水时的优雅姿态。他喝过之后很夸张地张嘴哈着气，这就更像是三伏天喝冰汽水的样子了。大家纷纷效仿。三三班的男生都这样喝了，把一洼积水喝浅了。后来的结果是，狮鼻一人得了痢疾，而其他人依旧大便正常。一般的先驱是不容易当的，是要做出牺牲的。

因为远，午饭都被送到地里，那时绝大多数人没有手表，往往以肚子来计算时间。很饿了，割麦子的人割一下，回头望地头一下，倘一见到送饭的牛车，放下活计就往回跑，没有比扑向食

74

物的感觉更让人兴奋了。一地的人往回跑，很像我后来看到的马拉松赛比赛的开始。一地的人往一个地点跑，气势滔滔。冲到饭车前，只要是手都抓满了包子……我一般吃七个包子，最多一次吃了九个（二两一个），这是一般的。狮鼻吃过十二个。

吃完饭可以休息一会儿，我们用捆好的麦个子铺成松软的大床，大家躺在上边，让秋天的太阳照在身上，看着小虫在麦草上跳。那时唯一的愿望是，别让我们再拿起镰刀，去面对那些铺天盖地的庄稼。

我第一次看到鼹鼠（当地人叫"瞎迷杵子"）就是在那段时间。似睡未睡时，看到它像一个游荡的魂灵从泥土中钻出来，用睁不开的眼睛对着我，然后，爬到我的破皮鞋下去咬鞋带。那感觉很甜蜜，我就那么让它咬着，唯一的担心是它从鞋的破口中翻找我的臭脚指头……

一个月过去了，我们最终没能割到地头，机械可以下地了，我们收起了镰刀。这时相互看看，大家都很黑，也很脏，身上开始有虱子。大多数人学会了抽烟，九分钱一盒"经济牌"的，一抽直咳嗽。第一次接到家信的人都悄悄哭过。10 月 1 日，我们收听着北京的盛况时，看到窗外下起了大雪。

假 领 子

乐队的弦调好了，谱子打开了。合唱队员站上台子，舞台监督在台中间看了一下，证实一切就绪。指挥幕布拉开，顶灯和面灯的光照进舞台，这一刻，什么也来不及改变了。

指挥阔步上台，行礼，站上他单独的台子，庄严地环视一周，把手抬起来，挥动！前奏响了：小号慢了半拍，大提琴弦不准，指挥用微皱的眉头和昂扬的手势表达了喜悦和不满。定音鼓（花盆鼓代替的）适时地加入，长号拉出嘹亮与华美的乐句，指挥虚假地投入进来，像他所理解的大师那样，俯下身体，抬起腕子，强调着弦乐，而后像个抻面的师傅努力开合着，把辽阔的动作展示给乐手。在管乐的沉寂中，合唱队跟随弦乐进来，这时指挥放弃了乐队，扬起激荡的脸，与合唱队做着交流。他尽量表现出昂奋，提高合唱队的兴致，他的嘴在做着表情，准确地开合着，但明眼人知道，他只张嘴不出声（像个献媚的假唱歌手）。他希望高音部再响、再响一点，他把左手扬起，再扬，不行，你不能指望这些家伙们个个是高音 C 之王，再说你没有什么东西来

76

喂他，你自己也刚吃完土豆白菜。

第一支歌结束了，观众在鼓掌，指挥反身敬礼，他的那个假领子就歪了，有一半跑出来攀上了脸颊，还有一半仍藏在外衣内。这使下一首歌唱得有些零乱，他的庄重严肃和那个原本虚假而今又扭曲了的白领子形成了鲜明的对照，在他手臂的挥动下，那块白在脸庞上跳跃着。一个女高音在一节沉醉的抒情乐段中，再也忍不住，笑出了声。这笑像一个突破口（在台上，传染最快的就是笑），终于可怕的笑台爆发了，他的严肃和愤怒使众人的笑进入了高潮，合唱队传染给乐队，终于到全体大笑。大幕急落。

这是一次我在北大荒的演出遭遇，重要的演出，招待首长的演出，按现在的话是演砸了，当时算政治问题。第二天开会，前一天在台上笑的人都哭着做了检查，没有人去指责那个假领子，都是针对自己做着检讨。只是乐队指挥上海郑，在以后的指挥生涯中大多是光着脖子上台的，他坚决抛弃了虚假的形式，他宁可把结实稍有点不清洁的脖子展示出来，也不愿再用一块白饰布去与政治开玩笑。

假领子，我是在北大荒时才见到的。它先在上海知青中流行，圆领子、尖领子、花边领子，女孩子一天换一个，能换出公主的排场来。不过我看到她们的假领子，总会想到领子以下的空缺。最初我以为它除了能告诉别人你缺少一件完整的衬衫外，再无其他作用，后来才发现它是有作用的——能填补棉毛衫与毛衣间的搭配空缺（棉毛衫没有领子，挂上假领子后，能避免毛衣直

77

接扎脖子)。

假领子推而广之，很多人开始挂起来。挂的人也分两种，一种人只重形式，他们逢重要的场合才挂；一种人是为了那个小小的实际作用。

我没挂过。我有一件白衬衫，可以应付演出。我也不太怕毛衣打磨脖子，那时我身上常年有虱子的踪迹，我实在没有可能再把自己打扮得像个文明人。

但不知为什么，我现在却极想得到这样一件东西（事隔了十几年）。当昨天我被迫听一位刊物领导慷慨激昂说假话时，我突然想起了那个假领子。如果那时我戴的是个假领子，我就可以一句话也不说，漫不经心地、假装无意地把外衣的前襟解开，把那个假领子亮给他看，前后左右地亮给他看。看啊，假领子，假的领子。那将是假领子的一次最伟大的表演，只有这时假领子才是真实的。

没能这样，一个时期来，我习惯做一个文明的假人了。

春

　　我趴在地上，透过一道砖缝看到它红红的脸——母鸡要生蛋了，它安静地等着自己。

　　春天从什么地方来了，从哪儿来呢？我昨天，看见甸子里开出了一朵蓝色的花，它迅速的蓝色让人措手不及。"春天"这个词在那一刻才真实起来。

　　去套车，老孙头正在十点的阳光下喝早酒。他有一个很薄的瓶子，可以贴在胸脯上。酒在瓶子里，比在他的肚子里更使他镇静。我看过他没酒时不断咽口水的样儿，没酒，他的手抖得停不下来。

　　现在他每喝一口酒，就对阳光照一下瓶子，那些透过阳光的酒，在他热烈的目光下显得无动于衷。

　　我摘下牛蒲包，摸到了肮脏的油腻，套绳连着很多零件但不乱。我看见酒瓶子那面老孙头放大的一只眼睛，在血丝的中心有个瞳孔，他的眼睛已经不黑了，像风里的一团沙粒。

　　把大车用辕木支好，轮子后边打上眼，槽帮里有昨天拉柴火落下的几粒山丁子，苍老的红色，星星点点……

老孙头捡起了一粒，放在瓶子里，他用这小的红色点缀他的白酒。

我看见了那只分娩的母牛。

那只叫黑花的母辕牛在阳光下站着，孤独地生着小牛。小牛的一条后腿伸出来了，像根淋湿了的柞木棒。

母牛钝器一样的叫声打在大地上。

老孙头瓶子背面的眼睛是那样冰冷。

小牛艰难地向这个世界退着。母牛抖动的腿突然跪倒在急急抱来的麦草上。我觉得它可能要死了，大牛小牛都会死，我拉着它的鼻绳，想让它站起来，眼泪落在它的眼睛上。

春天就这么残酷地来了。

老孙头把眼前的酒瓶送到嘴边，喝了最后的一口，再看时，瓶子里只剩下一粒被泡大了的红山丁子。

他从腰上解下根绳子拴住小牛的后腿，然后用一只脚蹬住了母牛用力拉着。他的酒变成汗流在脸上，他的眼睛睁得很大。

小牛突然像是被水冲了出来，哗地落在地上——一头活着的小牛，身上湿的，有胞衣，它一落地就想站起来。

老孙头累得脸白了，他抓过酒瓶的手不停地抖着，那里一滴酒也没了。他看着那颗红红的山丁子，想把它倒进嘴里，山丁子滚来滚去地不出来。老孙头拿起一棵麦草，用心地够着。

那颗红色的小果子在他的嘴里磨动，不知什么滋味。

春天啊……

昨天读叶赛宁的一首诗想起了这事。诗的最后一节是这样的：

云儿在狂叫／金齿般的高空在呼啸／我歌唱，我祈求／上帝，生牛犊哟。

我理解这诗。

秋

待久了，出门连阳光都不认识了。秋天，太阳斜了，地上的光晃得眼睛想藏起来。

1

秋天是收拾书要开学的日子。关上门，暑假结束了，下楼时看见对面楼的甲同学走了出来。一样的眼神，生活又被连接起来，好像没有什么暑假，大家一块儿做了个梦。乙同学新理了发，后脑瓢一直青到天灵盖，大家都理这样的头，只是他理过后脑皮青白耀眼。伸手摸了一下他的后脑瓢，他回过头来不好意思地笑了笑：我昨天逮了只八厘的火牙，钢声……暑假真正结束了。

2

麦子摊在场上，光脚踩上去热得痒痒。翻场时看见她的草帽被吹掉了，湿头发贴在脸上，真是很热很热的。

孙老头拿来条皮绳，让把刚使断了的木锹修上。

像捆一个伤口，绑好后试着一挥，牢牢的，只是感觉到那伤还有点疼。从很远的山那头风吹过来了，越过一株株熟了的庄稼，秋天摇晃着，看见了那些金子一样的水漫过来，打在衣襟上。这些庄稼等会儿就不是它们自己了。喝凉水的时候看见水里有双眼睛看着，碗里还有一两朵白云，是天上的。天蓝得像一口水，含在嘴里，咽下。

3

李嫂在自家的红辣椒串儿下梳头，桃木梳子蘸桦树皮水，头发黑，像把张画撕开了一道缝。

李嫂在窗玻璃上的眼睛笑了。梳子停下，散开的头发又把夜铺开。

……借的是什么，借的捣蒜臼……她唱。

李嫂二十五，李嫂永远二十五。

哭了，眼泪把人漂远。

4

桌子上有土，椅子上有土，窗子上也有土。我们怎么办啊（一个人问）。打扫干净净净净……（三十七个人回）

新书有一页没裁开，合起来的里面也有字，怪。这书真新。

有很多字不认识：什么什么的晚上，什么什么的月光，什么在什么子里……是课文。

土块飞出去——落在同学乙的头上，不是包，是红血。同学丁捡了地上一张脏扑克牌，帮他把伤口盖上。红桃 K，手里一把剑。

5

镰快得冰凉，庄稼的热身子倒了，在麦茬子上睡了。一片片的，由你。

天真远，躺下看左右都是天，把棵麦子举起来，安放不住。天是空的，空给你看见了，闭上眼也看见。天远，不高。

洼地里有蜀黍，蜀黍地里有鼠，鼠洞里有粟，掏出粟来送叔。

她在地里奶孩子，孩子看着云吃奶，眼光远呢，嘴里甜呢。她问：你看见了什么？

雨来了，麦个子下藏了个家。

6

有在南山放牛，有腰里挂了只闹钟，有对牛们说：快爱吧！冬天不好熬！

有把这句话带给了夜晚的村庄，有说：快爱吧！冬天不好熬！

村子里的灯熄了，有听见地里割倒的麦子一片话语声。

有把马灯点亮了给牲口添料。

有看见夜归人向马灯走过来。

闹钟停了。

7

河在这儿拐了道弯，水不急。水把鱼洗得真干净。

黄草上有片落叶，一片，够了。

他上了岸，头也没回。

8

给墙上泥，冬天风紧啊，冬天等在那儿了。木匠的斧子，瓦匠的刀，跑腿的行李，大姑娘的腰。不能动，看把手艺偷了，把心伤了。

她出门看天，拢一拢头发，眯一眯眼。

她走，风里挤满了眼睛。

9

西方正路啊——是口小棺材，在落叶上移着，轻得像来时的
包裹。

哭声抓紧了纸钱，白衣人的手盖着脸。

秋天在坟里了。

雪落下来，印出一些脚印。

冬

在雪地里再喊也没用，雪有那么多的耳朵，把声音都收了。喊一声后，你觉出来了，这地方静得比死多一口气。

野鸡从坡下飞起来了，它锦绣的翎羽一下使人想起春天，像彩屏在雪地上移动——一扇梦的窗户，打开它必能到达温暖。

那坡上有个黑衣人站下了，看你呢，喊得老远。他过的是什么样的日子？早上挑水，晚上吹灯，苦了叹气，喜了把牙龇在外边。一个人走雪路带没带上钱。他唱呢：……下坡呀……

冷，有一百只手也没感觉。冷看不见，它瓷实的牙齿咬完你的骨头咬你的喘息。心缩成一团了，它问呢，脚还在吗？有脚干吗不走？

时间都冻结实了，化也化不开。

/

雪就是那么投入，下来粘成一张大白纸，让一个还要活的人

87

看着心虚。

走不出去，天黑了，地更白。一盏远处的灯，灭了。

想起那件红袄，坡上坡下地笑，远了也有眉眼，一回头就攥在手心上。说的是那件袄哎，冬天里。

2

鸡叫，雪地上有脚印，担水的人手筒起来，嘴上有烟，招呼。辘轳响。

拉夜脚的回来了，狗身上有霜，马身上有霜，车身上有霜，人身上有霜。打狼时鞭杆折了，啥也没丢。

皮绳好紧啊，乌拉里面絮鸡毛。不咋，有汗。

3

火累了，它要死。它把旗帜卷了起来，像厌战的军队，没有了烟尘，青色的甲胄，使一膛冰冷更加冰冷。

把炉膛掏空了看，它的怀抱已经残破，它那样地张开了手臂，有锈，还有断伤。它那样远，不能到达，荒凉，甚于冬季。

4

牛倒下，来不及闭眼。雪地上有拖走它的痕迹。

李嫂抱柴火的手停在空中：就死了？它肚里有小牛。就死了……李嫂掖了掖怀。

风不大，伸出的手苍白。

剥开的寒冷里有血肉。

牛皮在雪地上，看你。

5

山丁子红冷了，在树上等着。就那么放在嘴里，它的滋味像根针。

6

马灯点着，炉火旺。

他拿出书来大声地读："吹吧，吹吧！无论你把我如何处置！把我吹去吧！我知道我将往哪儿去。"

书读完了，明夜只能听火焰的声音。

树倒下，太阳晃了晃。

一顶皮帽子飞起来，挂在邻近的权上。它们取了猫儿的首级，真敏捷。

那夜，另一个人开始重读那本书。

7

狼避开猪圈上的白环。

它回头，智慧的目光穿过灵魂。

你带了伤回来。

"它不容侵犯，它非常傲慢。"

8

雪软了。

帽子里的气味更加浓烈。

扇刀钝起来。

在冰上你看到了一枚扣子，包裹着一段透明的时间。

手接近时，她消失。

伐　木

　　如果这时有颜色，就往寒风里挤一点紫，让它落在五个月没什么改变的雪原上。冬天太长了，你看着的雪从天边铺到脚下，一百个决心也不能走出去。

　　牛车在雪道上，我们蜷缩的姿势长久不变，我们在冷风中抱紧自己，每个人的脸前边都飘满了霜。实在冷了，也只有下车跟着走，走好一会儿脚才能有知觉。

　　没有煤烧了，昨夜每个人的褥子都冻在了墙上，暖壶结冰了，冷透了的屋子，像脱离了现实的童话。

　　黑桦的枝干在冷中是脆的，我们带了三把斧子，我们只砍碗口粗的树，太大了没法把它们运回去。

　　汗出来后，帽子都扔在了雪地上，像分散着落下的六颗首级。

　　倒下的树在雪地上画出一片零乱，每一个枝丫都要留下痕迹，像种挣扎，它们看准机会就划破我们的手指。血流出来后很快又被凝冻上，如果用舌头舔一下，有微微的咸味，很淡。我一直觉得红色是咸的，而黄是涩的，棕色是所有中药常有的那种说不出的味道。

斧子卷刃了，它们越来越沉，我尽量把斧子举得更高点，它每落一下都先经过了我身体的某个部位，是哪儿也说不清，所以那种疼是不确定的。

中午没什么可吃，我们一把一把地吃着雪。牛被放开了，它们找着了雪地上的干草和偶尔的一两片黄叶。

还不够一车，球儿建议砍一棵高大的红松，他说有这一棵树就够烧一个星期的了。装不上车就把它拴在牛车后边拖回去。

我们分别用两把快一点的斧子轮流砍，另一把斧子留下清理那些倒树的枝丫。第一斧下去，崩开了红松那些带着香味的树皮，树冠上的积雪被震下来，有几粒微小的冷钻进脖子里，像针。

一下一下地木屑飞溅，有一片打在了球儿的脸上——没有人把它看成是一个兆头。

树砍到一半时，我们听见了它咔咔的响声。我们没有经验，不知它会往哪儿倒，响声是砍开的口子发出来的。我们六个人一齐推了推它，它不动，风从它的枝丫间穿过，它不倒。

我们分散开来，只留下一个人在树下砍着。谁也没想到要把牛聚拢到一个远一点的地方去。

树倒的时候，它先直着动了一下，动得很小，然后是坚持着不愿倒下去。慢慢地它终于选了个方向，轰的一下像个抓紧蓝天倒下的烈士。

那头黄牤子左套还在低头吃着干草，没想到倒下的树冠有那么大，就把它扫倒了，血从它的头上涌出来。我们跑过去，看见它一只眼睛落在了雪地上。

死得那么突然，旁边还有一摊新鲜的牛粪。

我们没有把那棵高大的红松拉回去，只装了半车柴火，六个人解下左套绳，拉着黄牤子在雪地上走。

它很快就被冻硬了，拉过的雪地上甚至看不见一滴血。

大　地

地　气

　　你要是深夜经过山野，会看见一片片的白雾贴在低洼的地上一动不动，当地人叫地气。你觉得是云在安睡。它们沉聚在那儿，黑夜里像是个沉默的集会。你接近时，觉出它们比远处看到的要稀薄。

　　百合在开，萱草三五米处就有一朵。绚烂存在，但在深夜，你只能从心里看见。你的心铺不满草地，那些浓浓的黑，乘着地气不停地浸过来。

　　那年你在恋爱，心里装下了十个春天，任何时候都能翻检出粉红或宝蓝，整个人像本夹满了糖纸的书，有一堆甜的回味和想象。翻一页，它的新鲜就像打开了扇密室的门。

　　你躺在草坡上，听小虫在耳边跳过，马在啃草，云遮住太阳。你闭上眼睛和绿草泥土结成一体，你的遥远已到天边——指尖碰到的地方。

像水壶被注满，你独自的白天，溢出的却是想不到的充实。牛在撒尿，玉米林在操练，闹钟嘀嗒地走，这时什么也不想打断你在太阳下幸福的睡眼。一些人走进来，一些人走出去。太阳直射着你，光芒已成黑色，再睁开眼睛，这世界灿烂得什么也看不见。

这幸福，光芒中的人不知道，地气中的人也不知道。恋爱在过去，像闪电，划破了的地方飞快被修补，你怀疑那里是不是真的透出过消息。

回忆在任何时候都像傍晚——一个牵着马从夕阳中回来的人，他被一个远处的自己看见。那种交流像在时间的缝隙里抽出了很多没有沾土的新钞，一张张数过后，没有一样东西值得它去交换。

你是刀，你也是麦子

一地的麦子，从春天长出来了，青啊青的。突然有一天黄了，屯子里就传出了磨镰声。声音尖锐，顺着泥土，传到很远的地里。

河水浑了，天下雷雨，人们担着心，怕机车下不了地。磨镰声愈显焦躁。

你在中午的麦场上，躺着看一只鸡在啄食麦粒，风从地里吹来，庄稼的气味沾上肌肤。你侧身看见麦子们从天边排过来，齐

95

步走近，在场院的边上站下。巨大的军团，它们听着磨镰的声音，沉默不语。

你翻过身，看见自己刚磨快的一把镰刀。锋刃很冷，像一丝快的风，刚碰上的手指就有了一道红线，血，你举起手指给麦子们看。我也疼，你说。麦地里的风吹过，一地的庄稼在摇。他们所说的麦浪，其实是悲伤的倾诉。

你就要那样地把手挥出去，刀锋割麦子的声音也割你。一下又一下，它们像从远方来的朋友，倒进怀里，垂下结满籽粒的头。

从春天开始，谁也没有把这结局告诉给它们。它们青绿的时候，甚至得到过星空的赞许，它们抽穗，天地都安静。现在，它们将被那些种它们的人割倒、运走，在场院中拍打、晾晒，而后装进口袋，等待最后的消失。它们在这时回头看自己发芽的一刻，多么像梦，像不真实的经历。

它们数过来的时间，被磨镰声割断，想回到平静中再不能。它们站下，看到的日子已不动。这样的中午，这样的夜，只为别人轮换。

活着是欺骗，庄稼之上，八月的天空都忧伤。

你把镰摆在阳光里，以为它会像冰样地融化，它银色的刃闪出白光，那上面秋天的影子冷而肃杀。

谁能躲过割自己的庄稼，谁能躲过自己被收割，天空中那些给我们生命的人在指点，谁也不能永远。

秋天一把镰，交给你，挥出去，泪滴在土里。

那一刻，你是刀，你也是麦子。

蝗虫飞起

蝗虫飞起，它多层的翅膀，在天空开出一朵瞬间的花，它起飞的声音像两片薄铁在敲打。在阳光下，它们青亮的身体映着达尔罕草原上那些稀落的草。

这不是我想象中的草原，它耀眼，因为干旱尘土飞扬。

还看见那条没有一滴水的河，像梦的形式，弯曲着，空空的，藏满渴望。两岸的刺槐在七月还没张开叶子，它们活着，看得见枝梢一点珍贵的绿。

有十场雨会怎样？张开手做着接雨的姿势，手上的天空深远，安静，视而不见。干旱中的阳光让人倍觉冷漠。

干河的源头是花山，已被风化粉碎得像一座废墟。远处的风赶来在孔穴中穿行，巨大的和声轰响着。远看它像一架天庭下的风琴，在大地上自鸣。

牛群从相反的方向来，它们和人群先后到达。一汪泉水，从石缝中溢出，积成小小的水洼。人在喝水时，牛群停在山坡上，它们一动不动，头朝着水的方向。它们从很远处来，它们渴，它们中的小牛在等待时，也像岩石一样安静。

人群散开了，他们找到沙原中唯一的有阴凉的刺槐，他们打开食物，吃着，说着。他们的一些词语在红石和白沙间划过，他们的话无法停留，无法进入看见的风景——大自然是拒绝，没有手拦你，但也没有门。

我把朝天的眼睛闭上，风景沿着内视的通道进入心……能够记住的陌生，它像胶水一样结构着生命中容易涣散的沙粒。

牛群走下山坡，它们红的黑的花的皮毛像移动的季节。在水的面前它们围成圈，低下头，它们不加评论地喝着，像一群先生在喝天空的倒影。

牛的气味弥漫过来，我想到一个叉草的动作，是那样地挑，而后高高地举起手臂。在最后一刻，声音从胸腔中喷出来，在空阔中回荡。

扛　包

　　那年有一幅漫画（或称黑白宣传画更相宜），画的是一个粮囤高出云端，一位扎着白手巾的农民扛着一只麻袋，挺胸叉腰，笑立于"之"字形的跳板上。

　　看这张画时正值麦收。看这张画时，正是我在加工连扛麻袋，脚被地上的空麻袋绞住，摔了个大爬虎，一百六十斤的麻袋砸在头上，鼻子撞在地上，嘴唇磕进土里，口里布满沙子，一张脸开出个染坊……在宿舍休养之际。

　　那张画画得真好，那么高的粮囤，那个农民那么愿意扛着一二百斤的麻袋爬十几级的跳板去粮囤顶上倒粮食，在最后的一刻，还会回过头来在云端里笑着亮相。

　　他若看见我——只是上过三级跳板，只是一百六十斤的标准麻袋，只扛了十几个小时便腿脚发飘的尿小子，那笑恐怕就要变成冷笑：你他妈的对丰收没有热情。

　　我没法拉开包着鼻子和嘴的绷带跟他说什么。

　　浪漫主义，还不知道雪莱、贝多芬是谁时，我就知道浪漫主

99

义了。扛一只革命浪漫主义的麻袋是幸福的，走一百级革命浪漫主义的跳板是幸福的，当然亮革命浪漫主义的相更是幸福。

那张画被我剪了下来，贴在墙头，与充满自然主义写实的我的脸形成鲜明的对照。

1971年调到团部宣传队最难过的一关，不是早上起来要压腿、拿大顶、喊嗓子，也不是排节目一晚一晚地熬夜，是扛麻袋。宣传队不是专职的，闲时劳动，主要的劳动就是扛麻袋。平日给面粉大楼供料，麦收时入库。一辆一辆的卡车卸下来，最长的一天从凌晨三点扛到晚上八点，现在想想那真是神来之笔，不知怎么挺过来的。

扛麻袋的人，手中必有一块二尺半见方的白布，叫"披肩儿"。披肩儿的用途是扛包时披在头与肩上，防着麻袋磨脖子，也防土。

披肩儿披好了，倘是从平地要把一只麻袋扛起来，就需有二至三人来伐肩（把口袋抬起）。口袋一离地，扛包的人弓箭步麻利地钻进去，借着伐肩人向上抬的劲儿，把身子站起来，双肩一耸，把麻包颠服帖了，走路。一套动作要快，要默契。慢了挨伐肩的砸，站不起来。

扛到囤口倒麦子更是技术。不会倒的整个麻袋扔进去，还得跳进囤里把口袋中的麦子倒出来，费力无比。会倒的走到跳板头，一只手抓住麻袋角，双肩猛地一耸，麻袋从肩上翻下来，麦子入囤，一只空麻袋攥在手里，反身回去，潇洒至极。

昨天翻旧日记找出一则写夜晚加班扛麻袋的，录下：

1973 年 10 月 11 日　值日　打夜班

　　我用夜班的闲暇来写日记，眼睛迷糊了，困了。今天虽说值日是一直没有间断，比干活还要累。今天晚上这夜班真要咬牙了……我看着灯影，大得怕人，麻袋压在我身上是那么自然，真不相信是我啊。自从十六岁来边疆已经有四个年头了。其中有两年多在扛麻袋，两年多真长啊，如果母亲有幸能看到我的话，那……

　　那样的年代还会写出这种伤情的文字来，可见小资产阶级情调是从骨子里带出来的，你怎么能改造得好?!

　　并不是每个知青都要过扛麻袋这一关，大多数连队一年中只是麦收时忙忙。加工连却不同，因有面粉加工厂故，所以日日要从仓库运麦子出来上料，加工连的人能扛麻袋是出了名的。

　　最壮观的一次扛麻袋是 1974 年在一连看到的。麦收时，正赶上群众推荐工农兵学员上大学，谁都想回城里去念书，谁都不清楚到底该谁去。那天收场，大多数觉得自己应该回去的人，都比平时更卖力地扛麻包，活干得麻利、沉闷。有北京知青建军者平日散漫惯了，情知此次自己没戏，就想出一怪招：把个没底的麻袋和一个好麻袋缝起来，装四百斤的麦子，谁能扛着这只麻包绕麦场走一圈，王八蛋不投他一票。

　　这主意一出使极为复杂的猜测、权衡、思考都简单了。比本事见输赢，没有比这再公正痛快的了。四百斤麦子，蹾得瓷瓷实

101

实立在那儿。第一个上去的狮鼻要求他自己选五个人伐肩，由他。选了五个平日相好的，喊一声号子把麻袋举得老高，狮鼻钻进去把麻袋顶起来站住了，两腿在抖，站了一会儿怎么也迈不出步，把麻袋扔下了。狮鼻说，谁他妈的也走不了，不信就试试。再把麻袋重新装满，立在那儿，一时没人敢再试。建军说没人扛得动大家就别想上大学的事了，要烂一锅烂了。

想上大学的老孙高瘦，很瘦。父亲是设计院的院长，平日不爱说话。他这样的人要试，大家都觉得残酷了，劝他算了，试完了也不知能不能走成。非要试，就试吧。还是刚才五个伐肩的人，麻袋举得还是那么高。他钻进去，顶起来，站住，凭着一股气就迈出步子了，看着路一步一步地走。他那么瘦的身子没有他肩上的麻袋粗，出汗了，脸红了，走到一半的时候，大家跟着他的脚步一声声喊起好来。真就走过来了。到了终点他从肩上扔麻袋的劲儿都没有了，站住了，看着要倒下了，大家扑上去把麻袋从他肩上搬下来。好一会儿他的腿还在抖。

那年他没走成，虽然大家都投了他的票。连里说打赌拉选票本身就是不安心边疆的表现。连里让一个干不动活的人走了。

他于高考恢复后，考上了大学，再后来读了研究生，再再后来出国做学问去了。现在想能扛四百斤麻袋的人，一次两次的失意挡不住他。

装　沙

　　零下四十度的夜空是冰，流星在冰上滑行，没有人能阻止寒冷在身体间穿行。

　　我躺在卡车车厢里想着很远的事，身下是麦草，身上裹着件棉大衣。越冷的时候越不能让眼睛闭上，看见的夜空在上演想到的事——一个春天的水漂，从长庚星跳到西边的一颗暗星上去了。还看见了瓷器，一只青花的宝瓶，在天空的正上方，它光润的釉色比冰还要冷，黑重的夜要把它的苍白压碎……宝瓶一片片地裂开，失去温暖的信心。

　　车在公路上飞跑，狼的眼睛在远处高坡上，它在寒夜里和我们一路去河套，它们绵软的脚垫运送着喘息和蓝灯。我们间的陌生不是一个深夜的相望可以消除的。

　　也想到了家，在北极星的对面，也许是一颗小星的脚下，那个城市总是灯火辉煌，现在那儿亮着别人的灯。

　　……

　　沙子冻得很实，镐砸在地上，镐把儿像波动的鼓槌震手。有沙子的地方并不集中，等能够用锹的时候，你开始出汗，身上冒出的白气很快被冷夺走。哗！你把一锹沙子扔进车厢，是一个简单的开始，车厢要多少锹才能装满，从没有数清过。沙坑越来越深，车厢越来越高，你有点困，在黑夜中闭着眼睛干着，尽量把身体和脑子分开。能不能这样，一个人既在睡觉又在干活，他把自己分开，主要的自己在睡觉，一个从属的副的自己借给了这寒冷的冬夜，毫无知觉地干着活。也许可以，你现在在两者间穿行着边睡边干，只是不能把他们合起来。

司机在寒夜中撒着尿，他把身体中热的尿撒出去了。他在雪地里走出了很远后又走了回来，他的口哨已不成调子，我想他的嘴冻得噘不起来了。在寒夜里要么劳动，要么把音乐保持在心里。

我轮番用着镐和锹，坑的深度已经快没过了我，如果一个人就这么把自己埋在这儿，他今夜会平静。

沙子在河的岸旁，白雪的下面，沙子像个漏斗，很多的人说过，地球的那面正是白天。他们也有街市和工匠吧，他们知道在另一面的寒夜里一个人在挖沙子并想到了他们吗？地图的平面使人无法想象出那些真正存在的东西。

星光从四野点缀到穹顶，没有月亮，工具在沙地上摩擦的声音传得很远，止住了红狐在雪地上飘动的影子。

没有人会想起一个叫讷漠尔的河套，如果我此时想到在宇宙中还有其他的星球，还有无数的人类兄弟，那我是更孤独呢，还是充实？

不应该这么想，太远了。

车满了。这时我看见河对面有一只看着我的狼，它站在那儿，看着我。它的皮毛，它的嘴，它的耳朵，它的沉默，还有它的影子都看着我。

它的孤独是大自然的一部分，最生动的一部分。

拉琴是一种技艺

拉琴是一种技艺，你从一个音到下一个音要抬起一个指头再放下一个指头。如果你想让这个音听起来不傻的话，你要颤抖那根指头，要让那个音有迷人的吟诵或歌咏感，这种方法在技艺中叫作揉弦。

当你在风雪中抱着一个提琴盒子从集合的队伍里走出来的时候，"知识青年"这个词就霍然鲜明了。这是一个有音乐的人群，他们除了行李卷、棉鞋皮帽之外，还有音乐。吱吱叫的小提琴在夜晚的炉火前拉上一段，人群就会安静下来。让人群安静非常重要，我们需要娱乐。

琴弦的正中间，我们把手指虚浮在上面，可以得到泛音。泛音听起来很谨慎很悠远，它是音乐本身制造出来的音乐。或者这么说，它是一种理论的声音，我们只能按照规矩得到。

宿舍里几乎没有放提琴的地方，挤满了人的铺上再放上一把提琴，非常碍事，琴盒夜晚会把人硌醒；铺下也不行，那儿堆满了脸盆和脏鞋，把琴放在那儿显然也不合适。在生活中这东西不同于饭盒和毛巾，更多的时候不是使用，是人们嫌它碍事的推搡。

琴声也无处可放。比如这些人刚装了三车煤，黑黑地回来了。打水、洗脸、擦澡，你拖着疲惫的身体，拿出琴来在一个角落练习《开塞》第五课。在汗臭和那些瘦弱的裸体中间，你想让琴音显得清雅平缓很难，屋子里挤满了胳膊或肚皮，洗身子的搅水声激荡着，骂人或吵架随时起落，偶尔有干硬的臭袜子从弓弦上掠过。你专心地看着谱子上的弓法和指法，竭力地想把音拉准，这时，有一个人累了想睡觉，他说："他妈的别在那儿杀鸡了，把我杀了吧。"

很多人都把拉琴叫"杀鸡"。请原谅在残酷的生活面前人会粗鲁，他们想喊叫，不想听一支二度的音程练习片段，这能理解。你拉你的，所有的人都会因为对方而习惯。

小提琴弦的对法是GDAE，先对准A弦然后依次调整。对的时候都拉和声，D和A，A和E，G和D。弦准的时候，两个音会共同发出一个亲切的和声，奇怪的是一个人的嗓子永远不能发出那种声音来。

有人叫它"手提琴"的时候，你更正了他。他不在乎，他愿意给这个东西起个另外的名字，他想用一种新鲜感来显示他的纯朴。他说："这手提琴真不错，一整就出动静。"你得承认这话很有意思，不是所有的东西都具备这一属性的，比如一床被子你不可能把它奏响，而提琴不一样——能整出动静。

你必须承认这话影响了你对《开塞》的坚定练习。你觉得当一个人把"音乐"这个词换成"动静"的时候，他确实动摇了这个词。

当食指从 3 这个音换到同一根弦上 5 这个音时，叫作倒把。倒把可以使一只手灵活地在四根弦上按出所有的音。倒把是有规则的，固定的把位不应该随便地改变。有规定的把位可以使你熟悉每一个音的位置，不至于使拉出的音不准。

他在窗外听完你拉琴之后，终于发表了意见。你拉的是资产阶级酒吧间里的臭调调，你这把"洋胡琴"就不能演奏点农民知道的东西吗？比如说"爬山调"，比如说"二郎山"。拉个熟悉的歌儿听听。什么？还要谱子，要什么谱子，我老家屯西的瞎子一辈子没见过谱子，什么歌儿都会拉，《瞧情郎》《小寡妇》……当然这些都是"封资修"的东西了啊！你拉个《打虎上山》吧。

帕格尼尼在拉快弓时，很多人说他有魔鬼相助，一些台下的人说亲眼看见了他身后站着魔鬼。为什么是魔鬼而不是天使呢？这问题让多少提琴手苍白的脸更加苍白啊！你把一些音符藏在了心里，音乐是可以藏在心里不取出来的一种东西。

后来琴放在了一个堆满工具的小棚子里，工具有镐、锹、撬杠、大绳和雨鞋。把琴放进去，它和你都松了一口气。

春天，你去看那把琴时，有一家老鼠在那里过着温馨的日子，它们把琴盒里的丝绒撕烂了，当作被子盖在身上。它们在琴弦上磨牙，琴箱的孔扩成了一个进出的通道，在共鸣箱内有一堆麦粒和玉米。都不一样了……没有音乐了，这琴已整不出动静了。

劳　动

锄　草

锄过的最长的一块地有十八公里，长得看不见边。

不知道这十八公里间运了多少下锄，太阳当头，大地的蒸气发散。

苗都是未知，它们摇曳，在劳动的照顾下更显得娇小。苗是绿的，草也是绿的，草被铲翻在地，折断的茎上潮湿的汁液上有没有疼？

尽量把锄伸出去，要远，再把它们拉回来，一下又一下，左边右边……浮土蹿进裤管，蹿到脖子上和流出的汗搅在一起。新鲜的，雨水洗过的泥土，它们吸去汗，它们脏，亲切。

雨结实地打在田野上，衣服湿了，胸膛湿了，骨头也湿了。

牙在颤抖，风吹过来时，雨斜着打进眼睛，没有地方可躲，除非谁有神力搬出太阳的穹顶。

倒下的草跟着雨又站了起来……半天的劳动消失了……

上衣的口袋里，有一张小纸片，烂得解不开了，想不起来这是什么。一遍一遍地试着把它打开，一个角，一个片段，认真地掀起了两行残缺的字。

　　来或者不来，…………只有……在意。

不明白这字的意思，这不是与我有关的两行字，笔迹也和我无关。为什么在我的口袋里，想不清楚。把它放在一块高出来的泥块上，干了后，打开的东西也许会更多点。

锄把湿而重了，没有一个既不出太阳又不下雨的好日子是为锄地人准备的。低着头锄，苗草，草苗，苗草，它们绿得相似，不同的是判断，它们之间的隔阂也是人加的。如果一万亩地里只剩下苗，会想到广场，还想到印满了"苗"字的一本书，翻到哪儿都是"苗"字。

送饭的来了。

看见了前边的河湾——地的尽头。水鸟在河湾的那边孵小鸟，它们飞起来的叫声与平常不同。

苍鹰在更高的地方。

从来没有渡河去过那片沼泽，那儿不属于我们，也不属于农业。它们是大自然，大自然是你无法伸进手去的口袋。

衣服干了。

嗅到了河的气味。手上又磨出了新泡，疼，快了，就要到了。

沼泽里有萱草和艳丽的百合，她们看见劳动的人们正在锄草过来。她们的艳丽让一个因劳动而粗粝的人觉出失礼。

在那条河里洗过手后，往回走，傍晚的鼹鼠在大地上探头探脑，将死的草被重重的脚踩过。

黑暗正从四野合过来……

那张小纸片干了。你找到了开头的几个字，写着你的名字。这是一封信，写给你的情书。

结尾的字烂了，她的名字烂了，她写了这封信，放在你的口袋里。然后她突然消失了，没有一点痕迹。

你想不出来是谁，全连有二百多名女生，你甚至不能完全叫出所有女生的名字。你真想知道她是谁。

大声读一遍残信上的字，青苗在风中听着，还有那刚被锄断的草。

割　　麦

1994 年 7 月，我从双鸭山去同江。麦子黄了还不到收的时候，一路的麦子，车停下来时看得更清楚。

麦子与二十年前没什么改变，庄稼不会老，如果能让它们永远待在土地上，看到的不是出生和死亡，看到的是一年一年地一粒麦子再回到一粒麦子。它们总可以回到最初，它们的成长是为了下一轮的年轻。这我们做不到，人做不到，我甚至盼望过停止，也做不到。

二十年前我走进麦地的唯一想法是——怎么才能把它们割倒，运回去。我现在不这么想了，我不知道现在的想法是否更像棵麦子——我希望它们能更长时间地站着。或者把一颗籽儿再撒进泥土，过个冬天，看着一棵相同的麦子在原来的地方长出来……这让人想起时间的不变。

　　麦芒除了刺人外，它的边缘像锯样地割手。折个麦穗一搓，把麸皮吹掉，手心里留下些粒儿。手中的麦子，有宝石样独自的尊严的光。

　　把它们放进嘴里，大片的麦子在你的胸前舞动，你有力地嚼。麦芒刺透衣服，在你身上划出痕迹，你嚼着，把它们的叫声也咽了进去。

　　如果麦子到了秋天还无人问，会不会现出寂寞？曾看过雨水中的麦子，它们在水里站着。籽粒逃散，最后的麦穗轻得像一只茧壳，放在手上再也搓不出东西来了。这时只有放一把火，麦秸的灰将肥沃土地。

　　大火中田鼠在奔跑，它们跑不出去，都烧死在地里。烧过的麦田比割过的要纯净得多，冬天前的田野除了泥土，什么也看不见……

　　车要开了，司机在公路上抽着烟，他看麦子的心情与现在的我不一样（他让我想起二十年前的一个人），他看麦地的眼神，我曾极为熟悉。

马

马知道的不少，他在自己的嘴里说话。一匹马看着一匹马的眼神，和我们善良的时候一样。

马的累比我的更高尚。他从不说累，也没有要求，他担心别人的同情，他那么俊美地干着活。

他们的皮毛在汗水中散发着他们的气味。

我在秋天的山坡上牵回那匹青马，把十几朵雏菊编在他的鬃毛上。我没有一面能容下马的镜子，他如果愿意可以在大河里照一照。

我这么牵着他走下来的时候，听见了傍晚收工的钟声。那时晚霞在另一个方向，我看见了马的眼睛里，是一片红色的山峰。

青　蔓

　　在北大荒因无霜期短的缘故，大多数作物都不能生长。又因其土肥，冷暖反差大，一旦生长的作物便出奇地肥硕、味美。在漫长的冬季（六个月），主食（白面）是不会变的，副食大多也不变。菜就是土豆和圆白菜，做汤或炒，炒或做汤。一个冬天那个写着菜名的黑板没有换的必要。当然，同是炒，有时内容不同。如连里死了牛，土豆里就有了牛肉；如死了猪（只要不是痘猪），菜里就会有肉皮，或很肥的肉片。这种事并不常有，因猪牛并不常想死。我吃过一次被雷劈死的牛，肉木顿无味，所有的鲜美好像先被那雷火夺走了，剩下的肉有其名而无其实，就是味同嚼蜡。再有老母猪肉也不好吃，无味且坚硬如胶皮，虽然，还是要吃的，哪怕只取一个吃肉的虚名，心里也会踏实。当然，其间也吃过一次小牛肉，很鲜美。吃过后，被同学狮鼻告知，是公牛骑死的小母牛。便觉那鲜美后的残酷，像是帮了坏蛋的忙。怨他嘴碎，何必告我这些。

　　土豆和圆白菜是如此重要，秋天一到，便要组织人去地里把它们抢收回来，一车一车地卸在菜窖旁边，再从一小窖口中把成千上万的菜运进去，冬天就安稳了。桌子上总会有两样东西可吃，好像这样才是生活，否则，就只有吃一种叫"不留客"腌的咸菜来度日了。那样，一个冬天下来，人会吃得像腌缸里的缩缩萝卜。

菜窖在生活中是如此重要，但那时每个连队都没有一个像样的菜窖，许是认为革命比生活更重要，越苦才离革命越近的缘故。那么多杰出的土豆、圆白菜抢收回来了，没有及时地下窖，一场雪来，所有的菜全冻了。以后，做菜的工序是：先用镐把冻菜刨下来，然后化开，熬好，再端给你。让你空有伟大的想象力也想不出这些菜会有酸臭以外的其他滋味。生活的甘苦总是尝不过来的。

知青们在改造之余，才越来越意识到了菜窖的重要，终于觉得吃没有牛肉的不冻的土豆对革命没有害处。于是挖很深很广的坑，盖上简单的顶子，在下雪前，匆匆地把菜传递进去。以后，漫长的冬天，就常见到炊事员从那窖口爬出来，拎着一筐筐温暖的土豆或圆白菜，使人感到生活的主动和美好。

菜窖有了其他的作用，是出事后才知道的。我平生没下过几次菜窖，只在偶尔的帮厨中下去过。窖里有电灯，一开，便照亮了一些安静的土豆和白菜的面容。窖里虽没有风雪，但并不暖，有浓烈的酸腐气。你拿菜的手有决定权，那些被囚禁了多日的菜都在冷冷地看着你，一个挑拣要拿去吃的菜的人在窖里是不受欢迎的。我对菜窖没有好感（不论它对生活有如何的帮助），它给人的感觉像地牢，那其中藏满太多你无法介入的生命。

三营十八连是个小连队，自然有一个小而温暖的菜窖。那时知青恋爱大多停留在神交上，先是恋爱不允许，再是没有说话的机会。每个连队都有几百双眼睛在盯着这种事，要在几百双眼睛下说爱，有勇气都不够。因此大多数的恋爱都很秘密，像搞地下工作，用眼神或暗语，更多的时候不能聚在一起，是相思。那种爱有煎熬的炽烈感，一刻千金。更多的人都被修炼得像一张拉不动的弓了。

爱使人智慧，就有一对恋人想到了菜窖。男的是天津知青，连里的副排长，平日很端庄严厉的。女的也是天津知青，平和，不露声色，长相不突出。事先并没有谁知道他们相恋着（我至今还以为能把爱掩藏起来的人是超人，"文革"中出这样的人），不知他们是不是常去菜窖幽会，一想到这儿，我就会想到罗密欧与朱丽叶的坟场。

等发现时，他们两人已赤身裸体地死在了菜窖里。女的离菜窖口更近一些，想努力求生的样子；男的可能迅速地死去了，辉煌过，脸上并不见苦难。在众多的蔬菜间，他们像两件道具，或是艺术品，独立着（也许是联系着），他们的灵魂散落在那些无言的冬菜中了。

尸体从那个温暖的菜窖中拖了出来，不知为什么没人想到给他们穿上衣服，就那样被翻过来扣在雪地上。白色的身体在雪中，不抖动，黑发散在白雪上，只有微小的毫毛在风中摇着，像最后的语言旗帜。

他们那天不该在菜窖里生着一只煤火炉子。

多少年了，我常想起这事，会想到那些并未见到过的美妙过程，不知为什么会这样。也许这艺术般的死，不该让人觉得失望或悲凉，没有该怜惜的，谁配呢？

那一窖菜后来被全连队的人拒绝了，也许是怕触动什么。继而那个菜窖也被拒绝了，废弃，倒塌。每到春夏，有土豆蔓从那个被填埋了的地下冒出来，一片青葱。

谈　　心

扛麻袋时下雨了，我跑回仓库拿雨鞋，看见两个平时表现特别好的兵团战士在促膝谈心，一男一女。我从劳动和雨中跑进那种景象特别突然，不好意思的是我，他们在谈扎根边疆六十年的大问题，而我却为一双雨鞋这样的小事打扰了他们。

我找雨鞋的时候，他们不说话了，他们说的话不能被一个一下雨就找雨鞋的人听。农民兄弟没有雨鞋，不是照样干活？正是龙口夺粮的时候，多扛一袋粮食就多为人民立一份新功，来来回回地跑着找雨鞋要耽误多长的时间呀！

我走了，没找雨鞋就跑回去扛麻袋。

下雨的时候劳动，人的脸上很悲壮，一串一串的水珠滚下来。很像汗，不是汗；很像泪，不是泪；是雨水，劈头盖脸。麦子在肩膀上，我们的麦子，春天种下去的，现在要收回来。每个人都在跑，走平路跑，上跳板也跑，扛着麻袋时跑，空着手也跑。

跑不动的人，那张脸上也是跑的样子。

一辆一辆的车空了，开走了，雨还在下，谈心的人还在谈心。谈心的人，超然于劳动之上，他们谈些什么呢？从我脚下的烂泥能找到话题吗？我觉得如果让我从烂泥谈起，我还是想谈谈雨鞋。

我要喝水，劳动的人不能因为下雨就不喝水了，麦子现在可以不喝水，麦子的主人下雨天也得喝。我对很多人喊着我要喝水时，他们也都说渴了，我们把余下的麦子用苫布苫上，然后蹲下来等一个想象中的人烧了水来给我们喝。

我不大会谈心，我认为每个想找别人谈心的人，除了说真话外，还要带一大份假话过去。这并不是说我不会说假话，不愿说假话，不过让我以谈心的名义去说假话，有点不愿意。

谈——心，这两个字那么让人着迷，在这个世界上，有那么多可谈之对象，多幸福呀！有点像祥林嫂吗？

一个女生有天晚上在我洗衣服的时候来找我，她没说要谈心，但我知道她一路上都是想着来找我谈心的。我洗的衣裳很脏，还掉色。我知道我在一盆脏水中洗衣服是件徒劳的事，为此我期待她谈点什么来分散我洗衣服的烦恼。

她先说了些别的，走来走去地拿起这个放下那个。她碰响了一只锣（紧急集合时用的），她还当着我的面把褪进棉鞋里的袜子往外拉了拉。她准备说的时候，坐下来，她说不出来时又站了起来。

她终于说了，说了半句："……你要和你们家划清界限……"然后她拉门出去了。

我承认那句话让我感觉到非常突然，那个情境也不太像我想象中的谈心。我觉得她应该是那样的：

进得门来，解下围巾就帮我洗衣服，一边说一边让我再去换点清水。洗的过程中可以从我的口袋里掏出些洗烂了的废纸，然后伴着打肥皂、搓衣服的声音问我："最近家里来信了吗？"等我回答了之后，再问我："信里都说了些什么？"听完我复述后，她边清洗，边轻描淡写地说："要和你们家划清界限啊。"她如果是这么做的，我也许会感动得哭出来，也许会在洗衣服之后，邀她到月光中去深谈……

我觉得她做得不像谈心，像谈肝火，或谈脾气。我知道她那天晚上，其实想说的不是那句话，她可能想说"你挺招人爱的，我喜欢你"（这话后来得到了验证），但不知为什么那样地说了什么"划清界限……"这样的话（也许是因了语言的惯性，或说是谈心失语症）。

后来我对谈心很有抵触，看着别人以革命的名义在花前月下，促膝谈心，一帮一，一对红，并不觉得自己孤单。我宁愿被领导找了去谈话，那样会有准备，不至于震惊。

所以那天下雨劳动，看着别人在谈心，我并没有丝毫的羡慕或义愤，包括后来我大喊渴也是真渴，根本不是闹情绪，更没有煽动大家不干活的意思。晚上开班务会时，那个谈了一天心的人声色俱厉地批评了我，说我不爱劳动而煽动大家磨洋工。我先是有点莫名其妙，接着我结结巴巴地说了我不是像他说的那样。至于后来，我为什么说着说着最后拿着手中的茶杯去砸了那人的脸，我实在说不清当时的感受了。真的，我不善言谈。

伪造的情书

平生伪造的文字，有一封情书。

北大荒，一年的日子，有半年与白雪相对。雪之单纯单调无奈，让人觉出无聊。打发日子最好的办法是打赌，其次是恶作剧。

"壶盖"是我一校友的外号，缘自何典已记不起来了。壶盖比我们年长一两岁，以脏、懒、馋而遭人厌。壶盖身上养了不少虫，以虮子为多（地面部队），臭虫次之（坦克部队），跳蚤又次（空降兵）。壶盖因虫累赘而面色苍白。终日坐在那儿，将手探入衣服内，清点、整编他的三军。时有自语式的演说嘟嘟而出。壶盖大多数精力都用来对付那些虫子了，生活变得消沉、落寞。

想伪造一封情书给他，是我另一位校友"烧鸡"的主意。大概是想对其低落的情绪有所启发。主意出了，写由我来。当年并没有见过《情书大全》《席慕蓉诗集》类的书，只有凭空造句。为生动起见借用了一些当地的俗语和语气词。还记得其中的一些文字："×××：你这小伙儿真不错！俗话说，浇花要浇根，浇

（交）人要交心……你如想与我相识、相知、相爱的话，咱们×日中午在供销社门口相会……"署名用了当时很流行的"知名不具"。全文广用感叹号，烧鸡读完后很觉不错，为表示对我文字的钦敬，买了一瓶劣质草籽酒奖赏我（追溯起来，那该算我挣的第一笔稿酬）。

情书放在了壶盖脏而乱的铺上。大家边打扑克边留意他的种种举动。他进来后的大致过程如下：进屋，爬上上铺，发现情书，惊讶，坐读一遍，躺读一遍，呆想呆看再一遍，收起情书，此时有光彩从脸上溢出。

接下来的几天，壶盖大烧热水，洗煮自己的被褥和衣裤。因颜色相互感染，宿舍中晾满了色彩可疑的裤褂。此间他去外连筹借到了一件呢子外衣、一双懒汉鞋和一副皮手套。

大家知道他在为那个虚假的相约而狂热地准备着。转眼全连三百多知青都知道了他要约会的事情，独瞒着他一人。这真有点残酷，我曾试着点了他两次，没用，他很兴奋，这戏必须演完了才能收场。

那是个壮烈的场面，壶盖在漫天大雪中，穿着单薄不太合身的服饰站到了供销社门口。全连的男女知青都在自己宿舍的后窗口看着他。雪落在他头上，雪落在他的睫毛上，雪落在他身上的雪上。壶盖平静而坚定地站着，专心地等着那个时刻到来，甚至从头上掸去雪花的空暇都没有。他被单纯的雪染白着……坚定地，准备站成一尊雕塑。

羞耻开始从我们的心里生出来，壶盖的坚定坦白，让人惭愧。

烧鸡打开后窗喊他。

大家都喊他。

直至两个人跳出窗口，把极不情愿的他架了回来。

以后的几天，他一言不发地穿着那套服饰沉默地出入。大家有点担心。有天晚上，我拿出那瓶草籽酒来，要求与他共享。他喝到中间时说并没有因为这事而恨我们。至今他也不相信那封信是假的，他知道有一个女孩一定写了这样炽烈的一封信。而那天是我们过早的出现，吓得她没出来，她总有一天会再与他相约的。

没什么该劝慰的了。他活得很坚定，同时心里有了期待。而我们显得多么无聊。

想起些人

　　在北大荒经常有事故发生。火车站装煤，因天寒地冻，煤堆冻成了硬壳，来装车的人就着松的地方往里掏，越掏越深，顶上的硬壳支不住了，塌下来，压死了两个北京女知青。当时听说死人了，心里并不觉得怎样，现在想起来，正是十七八岁的年龄，就死了，没爱过，没真正生活过呢！

　　我写这段文字时，谁会想起她们来，已经十几年了（我写这文字时离那时不到二十年，现在有四十年了），如真有灵魂，让她们能看到我写的文字。

　　采石场经常出事故，工作中与沙石、炸药接触多之故。还有就是铁锤、钢钎，碰一下就不轻。采石连的小伙子们都挺结实，天天抢大锤，女的掌钎。我那时羡慕他们，男男女女一起干活，不说话也有意思。见过他们装炸药，一捆一捆地往山洞里填，放大炮。点炮的人要有胆子，十几个炮捻，一个一个点着，刚躲好就炸了。知青常干这活儿，不在乎。点炮用的烟是公家的，所以就比看谁一根烟点的炮捻多，为的是留下几包公家的烟自己抽。

出事故那次是放大炮。炮点了半个小时，还不响。要排哑炮，一个副指导员、一个排长就带头上去，还有一个犯了错误的北京知青，想表现一下，也跟上了。快到洞口，炮炸响了，指导员、排长不见了，北京知青正在一块大石的后边还没拐过来，那响声把他震出老远，嘴里一直骂着："×你妈，×你妈!"

采石场下边是条河，在河对岸零星地找到了些手、骨头、脚趾，分不清是谁的了，一个上海知青、一个天津知青就都死了。那时不怕死，或对死不敏感，从来没有人因死而想到很多，死就死吧，没时间再想。我当年只见到一位对死本身极悲伤的人：梁明的爸爸。

万花连只有三座平房，原叫万发屯，也只有三户人家。叫万花连是兵团成立后的事儿，位置在一营去团部的路上，孤单单的三排房子。房前有许多麦秸垛，每次坐车路过，总能看到有女知青在麦秸垛前解手。万花连没厕所，知青们刚来了一个多月。连个席棚也没有，女孩子们没办法，只好选择了这背向住房但朝向大路的麦秸垛来解手。

北大荒的苍蝇很多，有时你能看到馒头在屉里是黑的——上面落了一层苍蝇，一挥手苍蝇飞走了，才看见了白馒头。喝汤、吃菜吃出苍蝇是常事。

刚去的知青，还金贵呢，就常常有痢疾发生。梁明是女孩子，还不到十七岁，父亲是驻国外的参赞，妈妈是教师。她是六十年代那种漂亮、单纯、满眼是阳光的女孩子，在万花连得了中毒性痢疾，还不到一天就死了。那时我们下乡才一个多月，好好的同学才一天就没有了，埋了，在挺远的一片山坡上。那时真是年龄小，吓过了就不再想了，依旧到麦秸垛后边去解手，依旧吃着苍蝇叮过的馒头。

　　一个冬天过去，春天来了，有个穿着呢子大衣的人到了万花，他是搭乘一辆大轱辘拖拉机颠来的，身上都是土。进宿舍后才知他是梁明的爸爸。他给我们抽烟（是名贵的中华烟），他一时看到了面前有这么多的孩子，当时并没有就现出悲伤。他独自去了梁明原来睡觉的铺位，摸着一些东西，沉默不语，而后又到连队中转了转。

　　回来后，他对连长说想借一把扫帚，去梁明的坟上看看。连长是矬子刘，很矮很结实，就找了把新扫帚，让拖拉机拉着去东山，北京有几个知青也跟了去。看见那坟时，车就停了。我突地感到寂寞，冷。梁明就躺在这里，每天都是自己，那么好的一个女孩子，干吗死了?! 她周围什么也没有，朝南对着一天地的草坡，坟就像个失了神的眼睛。

　　梁明爸爸拿着扫帚下了车，走近时就把头上的帽子摘下了。他说："梁明，爸爸来看你了……爸爸来晚了。"他终于哭了。我们也在他身后不停地掉泪。我感到他有多少话想说出来，但没说，就那么哭着走过去扫那坟，像给他女儿梳头一样。多少年了，我依旧记得这两句话，他那带南方口音说出的两句话。

　　第二天，团长坐着吉普车来到了万花。这才知道，梁明爸爸从法国飞到北京后，连家都没回，又直接飞到哈尔滨，再坐慢车到我们团。他谁也没找，就搭乘辆破拖拉机来的（等我自己有了女儿之后，才感到那情感会带来多大力量啊!）。团长是后来听到消息才匆匆赶来的，先是道歉，而后问有什么要求。（我不理解为什么问有什么要求，什么样的要求能找回失去的女儿!）梁明爸爸很久没说话，最后说了句："给女孩子们盖个厕所吧……"

梁明爸爸走时，与我们每人都拥抱了一下。我们都哭了，被他的悲伤所感，或因为想起自己的亲人。

后来万花连盖了个全团最好的厕所，全是用三百六十斤重的大石块砌的。

再过万花时就看着多了一座房子，一座醒目的灰白色的厕所。

女 的

那年偷吃的事儿，你还记得呢？再没吃过那么好那么鲜的狗肉了，只一把盐，炖出狗肉的本质来了。那狗其实挺瘦的，像咱们当年一样。

噢，对，还吃过一回马肉，白马肉，病死的白马。躺在场院上，像件大玩具，眼角盘旋着苍蝇。你用斧子卸下来一条后腿，扛着往回走，还装着是背着犁铧下工的农民。也像，只是滴滴血迹洒了一路。

那个时候咱们苦日子能过出甜味来，现在再找，没有了。十七岁吧？现在想还是群孩子呢，一万两万人，摞在大雪原上，春天种麦子，秋天收庄稼，冰天雪地就去森林里伐木。那可真是一些大日子。是大日子就忘不了，心里刻着字儿呢。

你还记得那年在山上伐木吗？就是蟋蟀被砸死的那年。本来那树是"上山倒"的，被一棵黑桦给弹回来了，没跑出来，让树梢扫死了。是你们玉渊潭中学的。就地埋了，那堆土现在可能找都找不着了。也好，跟山连一块儿了，哈哈……

128

我不笑还能怎么着？

从来上山伐木不能去女的，这是当地老规矩。所以上山的大多是没结过婚的生蛋子，要么是老头。有家的都不愿去，能挣下钱也不愿。春宵一刻，他们懂这理儿。

三十多天，没见过女的，一眼都没见过。天天就是锯码子背出去，雪地里一跪，对着山，对着树。闷了，把"顺山倒"喊出歌的味儿来。

见不着女的那感觉就像你进了个熟悉的黑屋子，伸手摸灯绳，一摸没有，二摸还没有，灯绳断了。没灯绳这屋子就黑着，黑得你没点儿办法，黑得你孤单着急。

你那时一到晚上了，就坐帐篷里给我们侃《第三帝国的兴亡》。外边风雪弥漫，屋里两盏马灯，一膛干柴烈焰。你居然把一些政治的事讲得有声有色，忙得大伙给你上烟、递酒，一晚上一晚上地追着你。你没少让我们伺候吧，你可够坏的。

伐木的人少不了酒，要不就不动锯。早起出去装半斤白酒，伐倒一棵饮一口，水不用带，渴了抓把雪吃。那时爱喝酒想喝酒，现在不行了，闲了只喝点啤酒。

你记的日子不对，是三十六天的头上。那时你也改讲《皇家猎宫》《三个火枪手》什么的了，弄得大家都梦想有个淑女能从那盏马灯背后出现。那时觉得日子慢啊，慢得直喝凉水。

是一大早，屈二出去尿还没撒完，就跑回来了，他一喊"女的！"全帐篷的人都坐起来了。山坡底下，一个扎了块红围巾的小媳妇，跟着个老头，赶了辆驴车上山来了。真美啊！太阳刚高过山头，红光打在她身上，雪地也变得暖暖的。她低着头，挺怕羞的，大襟小袄裹出来的腰一扭一扭的，把人心都摇碎了，光芒万丈啊，比太阳还暖人。

生忸蛋子们在帐篷口都站成悬崖了，要不是一口口吐着白气，真以为都看死过去了。小媳妇走近，就那么抬起脸来，看着大家。那双眼里在我一个十八九岁三十天没见过女人的人来看，什么成分都有，姐姐、母亲、爱人。现在我还能看见那双眼睛，真是女人的眼睛，看见它我就想哭。

呵，不说了，我还没结婚呢，再找不到那双眼睛了，城里没有。我也不想凑合，我他妈的是个理想主义者。也许跟那双眼睛有关，那次上山可给我害了。

不，不能再喝了，再喝，那眼睛更无处不在了。把灯关了吧……看着我掉泪，你们可别笑话我。

一个偏方

1970 年在北大荒一营宣传队时，有一队友患了砍头疮，数月不好。每日的青霉素打下去，该烂的地方还烂着。当地老乡看不下去了，荐了一个偏方——嚼生黄豆。于是每天看他的嘴里像磨豆腐一样，白色的汁液一伸一缩地在嘴里鼓荡着。问什么味儿，答不出来。递一粒生豆子给我，嚼出腥涩来。如此磨了七天，疮不见好，常有各种音节的臭屁放出来，跟着他转到各处。原本生豆子是胀气的。

又一老乡荐他一偏方：将老母猪屎焙干，拌上"背阴土"，与鸡蛋清调匀后，外敷。此方一出，我们都坚信是当地老乡变着法儿地报复知青偷鸡摸狗之仇，力劝他不可信。他先也犹豫，后被那疮烂得心烦，就下了决心来治。

先是找来一弧形的碎瓦片，然后跟紧一只带着一窝小猪的老母猪，稍一有动静，便扑上前去接屎，每每只接了个尾声。三五次下来，看看够了，就在院子里架了两块砖，将那瓦片放好，做个锅的样子。然后胡扯些柴草，就烧了起来。现在想想，真是没有那么霸道的臭味，能把五十米外熟睡的人熏醒了。醒了看着他那副张皇的样子，只能忍住不说。那臭现在想起来，实在该加个"奇"字。

猪屎焙干后，制成了一堆粉末，再去房后刮了些背阴土，打两个极为珍贵的鸡蛋，取蛋清调匀后，那东西也真像是药膏一般的了。

去卫生室要纱布却费了周折。那个天津女卫生员对此举真是深恶痛绝。她不理解一个知识青年怎么会信这些野狐禅，放着那么多精致、洁净的好药片不吃，而去相信排泄物——猪的。认为这已不是卫生不卫生的问题了，是人生观的问题，是野蛮、原始。说到痛心处，她竟大哭起来。我那长疮的队友，先是听着，后看她哭了，便劝一句：屎已焙过，是消毒了的。再说我长疮还没哭，你就别哭了，只给些纱布就行。女卫生员止了哭，看着那疮也是束手无策，就拿出纱布给了。临了说句：只提供纱布，出问题不负责。队友站下想了想，说：好。

以后的宿舍里就常有一种怪味，让人一刻也不敢忘了那药膏的制作成分。又不好太难为他，毕竟有病的人该同情才是。可以说是大家一起承受着这疮的治疗过程。

药是隔天换一次，不出六天，先是脓不流了，再后疮口封上了，再后来，新肉也长出来了。他那颗低了很长时间的头慢慢直起来了，再吹笛子时，已不像病中吟（他是队里吹笛子的）。

有人说不是这"药"的效果，原打了那么多青霉素，就该好了。有人反驳说青霉素已打了一个月都没好，怎么一敷屎，病就好了。他不置可否，反正是更起劲地追寻老母猪，起劲地焙药、调药。

后来我调去团宣传队，也遇一队友，腋窝长疮，总不见好。向他荐这偏方，他宁死不愿就范。后回北京住院动手术，也好了，只落下个架胳膊走路的毛病。实在不是人人都能接受这偏方的，我也并未拿此事太当真。

直至昨天，闲翻唐《新修本草》兽禽部卷第十五，有"猪屎"条目说得好：主寒热、黄疸、湿痹。下又有小字书：其屎汁，极疗温毒。着了，原不是凭空造出，这方子实在是古时就有了的。

世间万物都有其用。想想他当初拿着瓦片在猪后追随的样子，心内实在地生出些敬佩来。

语录时代的颗粒

我下乡的地方叫二龙山屯，哈尔滨往北到龙镇的前一站，停车两分钟，应该是个很仓促的小站。

我在那儿生活了六年，每天都不一样，我无法再过一遍那样的日子。

小时候吃糖有种经验，把一颗糖剥开，舔一口再包起来，过一会儿再剥，再舔。一颗糖它带来的享受慢而悠长，是"滋味"。

铁民没戴帽子，一头卷发，他夹着黑琴盒从雪地上走过来。

琴盒打开，嗡的一声，他来教我拉琴。他说打开《开塞》，翻到第二十五页，从第八小节开始。

小冯有哮喘病，每天早上，吃一口生姜，就一勺蜂蜜。他有病，他吃的时候，我们都看着他。他吃得很慢，给我们的感觉是蜂蜜不甜。

他没事的时候，用一根锯条刻搓衣板，刻很多图案。有一次，别人打架，把他刚刻好的一块搓衣板打折了。他找来一张纸把那块折搓衣板的图案拟拓了下来，然后，又找了块木板重刻。

刻搓衣板的木料是椴木，特别白。

"大眼儿"的眼睛大而凸出，他说话的时候，不断地按指关节：咔吧，咔吧，咔吧……十个手指从左到右，再从右到左，按一个来回。

有一次他说《钢铁是怎样炼成的》是奥斯特洛夫斯基写的。他说的那个名字真长，那真像一个伟大而陌生的人。

倪伟会唱《拉兹之歌》。他是在北京时跟着胶木唱片学的。唱得很准，他不常唱也不教我们歌词。我们特别想唱这歌，想用一盒"葡萄"牌香烟换。他不干，他说这歌不好学，其实我们知道，他是想在麦场上单独唱时，引起女生的注意。

我们想唱这首歌的心很焦灼，就乱唱。他不高兴，躺在一堆麦子上睡觉。我们把一首忧伤的歌唱得特别欢乐。我们唱时，女生一直在看着他。他嚼麦粒。

陈钢得过大脑炎，他特别老实。有一天晚上，他在油灯下喊了一声"我做梦了"。我们问他做了什么梦。他说梦见一个仙女。我们问仙女怎么了。他说仙女在洗澡。我们开始觉得平时老实的陈钢很流氓。我们没再问他什么，我们把被子裹紧，我们也想梦见仙女，不一定非在洗澡。

亦滨的皮鞋油用光了，那天他特别想去县城玩。

他先在皮鞋头上抹了点牙膏，鞋没亮，有留兰香味。

他拿着鞋跑出去了。我看见他在一头辕牛的脖子上擦他的皮鞋，那头牛一动不动，好像特别舒服。

他的鞋也亮了，并且有一股真实的牛的气味。

刘文在傍晚的云霞下，用脸盆在煮他的内衣——其实我们大家都有虱子。

他最近爱上了养猪班的楚汀。他说他应该换一副模样——成熟、干净。

他煮内衣的时候，心事重重。他用一根树枝翻动着盆里的衣裤（它们的颜色已经混在一起变得可疑了）。

我看着那盆衣服，身上痒起来。

我在一棵杨树下坐着，马平从南山回来，他给了我三个小果子，黄色的。他说这东西叫"黄太平"，有点涩也有点酸。

我在下午的光中看着那三个小果子。我没法吃它们，放在鼻子下闻了闻，扔了。它叫黄太平，像人的名字。

区长有台手摇的留声机，用六节一号电池。他天天听《灵格风》（英语唱片）。有时弦松了，声音就粗，把78转移到33转也有这种效果，反过来声音就特别尖。我们总想玩他的机器，他把电池锁起来了。其实没电池也有声音，唱针在唱片上走着，声音很小。那么小的声音，我们的嗓子都发不出来。

拉屎的时候，蚊子总咬屁股，拉起来就不能专心。刘文有一次没拉完就跑回来了，他在油灯下，让马平帮着他数屁股上的包，有二十三个。数完了，他坐在炕沿上一动不动，心情有点沉重了。

马平说：拉屎应该带两根烟，边拉边往身后吐烟。

穿将校呢的满生，他爸根本不是什么大官，我们准备晚上揍他一顿。我们先让小哑巴把他骗出来，然后一起出手，用板砖和酒瓶砸他的脑袋。

有好几个人还没上手，他就被打倒了。

其实我们单挑谁也打不过他，他比我们大，还有种特殊的功夫——把酒瓶装满水，一拍瓶嘴，酒瓶底就掉了。

第二天，他头上缠了绷带，依旧穿着将校呢。食堂给他做了病号饭——那种有花椒油的面条。他变得更为醒目——是因为绷带。

我们在院子里浇了个特别小的冰场，只能两三个人滑。有天夜里我看见一个女生在上边滑，滑得特别棒。是工程连的任小燕。

我回去就记了篇日记。我说：……你应该有更强的毅力，三天了，你还没学会倒滑，后学的老尖都快赶上你了。从明天开始，每天滑三个小时，不能怕冷、怕累……白天时间不够，就晚上练。

写完日记跑出去看，任小燕已经不在了。

苗全跑回北京时扒的是货车，那车过站时没停。他扒上去后，挥了下空书包就走了。

火车一开，天就黑了。我一个人在雪地里往回走，走了半夜，才回到宿舍。

钻进被窝的时候，我闻到了被子里自己的气味。

我们卸完洋灰回来，天已经亮了。马平说别睡觉了，去德都买帽子吧。我们去了德都县城，他买了一顶羊剪绒的帽子，我买的是狗皮的。

回来的车上，我在狗皮帽子里睡了一觉，醒了有一串口水流在了新帽子上。马平没睡，他舍不得把帽耳朵放下来，一动不动地顶着那顶新帽子。那帽子确实很贵。

吴兆义得过小儿麻痹，走路不方便，大家叫他123（哆来咪）。他棋下得好，一边想棋，一边控制着鼻涕，不让它流到前襟上。他去省里比赛时李大夫让他吃两片扑尔敏，他吃了之后，鼻涕止住了，人趴在棋桌上睡着了。

文杰演小常宝，高音从来就唱不上去，后来马丽在台里帮她唱。马丽为了让台下的人看见是她唱的，每次总是站在幕边上。文杰很不高兴，动作做得就不干脆了。后来改让马丽演小常宝，观众看得不是很习惯。

天津知识青年王广福给我的同学冯丽写了一封信。他说如果你同意，就在明天的食堂里见，我会说"今天天气真好啊"，你就回"我是北京知识青年"。如果你不同意就别回。

第二天，王广福打完饭不走，等冯丽也打完饭。他看着窗外抖动着声音说："今天天气真好啊！"冯丽同宿舍的八个女生一齐说："我是北京知识青年。"

王广福那顿饭没吃，他知道那封信被冯丽公开了。

王广福后来到北安去自杀的，他用刀子捅了自己三刀，没死。大家都觉得这可能跟冯丽的玩笑有关。那些女生没这么想，王广福回来时，她们都探家走了。

颗粒不像珠子有孔，可以穿成串，颗粒独立着，抓起来一撒一地，收拾的时候也得一粒一粒地捡。真正的回想是颗粒不是珠子，没有线能把它们穿在一起。颗粒可以发酵成故事，但故事像一个大馒头，白而松软，不是颗粒。北京房山云居寺供奉着佛舍利子，说几百年发一次光。那也是一种颗粒，是燃烧之后的结晶。我在很近的地方仔细地看着他们，感觉出遥远无边，我的生命和我的想象都不能达到的远。他们是佛舍利子，他们留下的原因是因为精华和修炼。他们是经过多少日夜的食物、饮水、思想、经文、粪便等才留下来的。这么一点点东西，像一粒沙子，永远不会消失，没有悲壮，没有浪漫，也没有政治，看见的时候它就在了，你看不见时它也就不在。

装　病

一

　　走进医院的感觉是相同的，即使你相隔十年后再走进去的感觉还是相同。这可能来自那些相同的药味，相同的病人的眼睛，相同的救世主般的医生步履。所不同的是，有时你是一名健康者因某事去了医院，有时是一位病人。当你作为一名病人时，会感到那些医生像古董鉴赏家一样，翻看你的口腔，注意舌头的颜色；用冰凉的听诊器在你的胸前背后印来印去，直至把那个东西搞热了才拿开。这一切做完之后，反而问你哪儿不舒服。然后，说出了那个你久已想说出的病名，继而开药方，打发你去划价，交费，取药，吃药。这是一些看简单病的程序。

　　我动的最大的外科手术，迄今为止是拔牙，在北大荒曾有过一次不光彩的拔牙。为了在几乎累昏过去的时候休息两天，我决定让最里边一颗好牙牺牲掉。牙科大夫是进修过几天的女知青。

当我说想拔牙时，她为了掩饰慌乱，不断地摆弄着手里的凿子和一柄锤子，尽量地像一名娴熟的石匠。这使我在惊恐中自问，这次拔牙是否值得。打麻药时她说出了两个陌生的穴位，说在上边打药，效果会更好。二十分钟后，她动手了，在我的牙床上敲打翻撬，我疼得大喊大叫。她被迫停止了敲打，对麻药的剂量和注射的过程回忆了之后，她认为不应该疼。不过我确实很疼。她说只有采取针刺麻醉了，这在那个年月极为流行（有电影为证）。她依次在嘴的周围插了几根银针，那些轻微的疼痛使我镇静了下来。接下来的拔牙很像拆墙或打烂水泥板一类的工程。我要做的是拼命顶住劲，在榔头下来时，头不摆动。这很难。女知青流汗了，我真有点后悔我为什么要用一种比劳动更大的痛苦来换取两天的休假。那天最终的结果是牙敲了下来，而牙根留在了牙床里。我看着粉碎的几瓣的血牙，阻止了她再想挖牙根的企图。

她喘息着为我开了三天病假，我拿着假条吃了三天的小锅面条（有花椒油滴在上边的那种）。不过这颗牙从此变成了坏牙，我真担心会永远把面条吃下去。

十几年过去了，残留的牙根还时时疼痛，疼得沉稳而有力，使人想起工具。

二

如果铁路医院还有我的病历的话，我最严重的疾病记载该是腰椎间盘突出。这病使我从河南农村（我于 1975 年由北大荒去了河南汝阳插队）返回了北京，从一名知青变成了有城市户口的工人。不过照实说我没这病。

"病退"这个词，对广大的人是陌生的，大概意思是知青因病从农村退还给城市。

那时期我一直在寻找一种可病退又极不好查出来的病。我的大部分医学知识是在那个时期获得的，它们来自一本《赤脚医生手册》。这书很普及，普及的程度可能与旧时的皇历差不多。书中有一些极震撼人心的照片，梅毒、下疳等，这也使我得到了一些有关性病的知识。据说那时已在全国根除了性病，艾滋病还没听说过，登那种照片不知是为了什么。

当我选中腰椎间盘突出这个不易被查出的病来装病时，我先把有关文字背了下来。对检查的程序，应该显示的症状，掌握得十分熟练。我是在铁路医院检查的这病，那位外科医生极有经验，我从他的全套检查程序中看出了这点。这种病拍片子拍不出来，全凭症状，诸如平躺在床时下腿抬不起来，大脚趾不能内勾，脚常有射电状疼痛，大便或咳嗽都会疼等等。检查下来后，结论是我是一个极为合格的病人（当检查完毕从床上下来时，我还艰难地做了五分钟的戏外戏，那一刻我真以为自己病了）。医生给我开了诊断，这很不容易，有一半原因来自同情心，他知道我是知青。

1977年我终于以一个病人的身份，健康地回来了，是在下乡了八年之后。此后，病退变成了大多数返城知青的主要理由，有很多千奇百怪的病退者，甚至可以骗过化验或透视。

现在的我已然不同了。我到了一个病不用装也会来的年龄。我长年不看病，也不检查身体，因为医生的每一句话都会使我心惊肉跳。

那样的女子，那样的布

1977 年，我在河南山村插队，那儿的女子出嫁前，要织下很多很多的土布，做铺盖用，做棉夹衣内衬用。织布前先要纺纱，把一团团的棉花纺成纱线，而后在一架木织机前，左右投梭，上下踏机，一个来回，一根纱线宽的距离才织出来。

织布都在晚上，白天忙地里。晚上闲了，就坐在院子里织，也不点灯，有月亮就借着月光，没月亮，摸索着，一下一下的那踏机声要响到很晚。

有年春天槐花正开，我深夜从街上过，暗夜里花香一身，耳边是织布踏机声。夜晚的机声旷远而独自，一下下和着脚步，声愈小，愈像别个时代。

那夜织布的女子，我从不知她是谁，我一直把她想成是最美的女子，像《蒹葭》中那样的女子。

布织成了，还要染，买不起颜料，就采一些褐色的矿石，和布一起煮。煮好了的布并不鲜艳，只是一种红土一样的暗色。再把这些布拿到河里去漂，长长的流水上，长长的一块布漂着，双倍的日子都流走了。

一个去河里漂布的姑娘，脸上看不到笑，她挽着布从街上过，劳动的姿态，美也忧伤。

这条街就要看不见她了。到秋后，她再从石板上过一次，就去山那边，随一个男子，烧火，点种，过冬，过夏……这些手织的土布，会天天陪着她，白天的袄，夜里的被。

为什么是那个男子，他来过多少次还远得像颗星。说不上好，这织下的土布，也要盖在他身上，一道一道的经纬把他缚住了，是亲手染的色。

一夜夜织了多久，可那个人儿就是没有织来，那个人儿藏在布里头呢，伤心了你就捂着他哭。

冰凉的水上，布漂出老远，流过布的水有一点暗红，这些红再归不到一起了，它们从布上脱下，散得很远，找不回来。

布漂过，还要在搭好的竹篙上晾晒，干了，收起来，比原来缩了不少，也浅。抓在手里，像看见了的时间，一根一根的纱线这时想要拆都拆不出来，它们成了布。闻一闻，有水、月光和太阳的气味，也有时间的气味。

什么也没那样明确过，那样的女子，那样的布。

因为门德尔松

　　那天在地铁站里，你听到了门德尔松的 e 小调，你下意识地摸了摸左手的四个指尖……什么也没有，光滑的，那些茧子都消失了，没有痕迹。谁也看不出你曾拉过琴，一天八个小时，从漫长的运弓开始，空弦，全弓，一下一下。那琴像只永远杀不死的鸡，它叫啊叫啊叫地从 G 弦叫到 E 弦，然后再叫回去。一天天，你知道了音乐离你有多么远……

　　门德尔松还在响，你无法躲避它流畅的清纯，像你无法躲避失败……

　　你接着学会音阶、换把、顿弓、跳弓，知道泛音的位置，怎么揉弦。从开塞拉到顿特，几年的光阴都被那些蝌蚪一样的音符给吞吃了，你被音乐家这个巨大的幻觉支撑着。你读过帕格尼尼、奥依斯特拉赫、海菲兹的故事。你觉得以后可能、或者、也许、说不准……

　　你带着琴去了北大荒。那么广袤的田野它更需要一双结实的手，你不能对贫下中农说关于手和帕格尼尼的话题，你夏天铲地，秋天割麦，冬天把冻实的粪刨开。你的手再按到指板上时听到琴弦沉重结实的声音，它们少了些灵活，不听命于你。慢慢地，你再看到那把琴时觉得它像一个具体的梦。

门德尔松的 e 小调也像梦……

艺术在某个时期是奢侈的。当你在打麦场上重复着扬场的动作而记起《引子与回旋》的旋律时，你轻声哼着，在节奏中举起木锨，看着饱满的籽粒散开落下，再扬起再落下。一时你体会到了，想象的生活离我们是多么遥远。

门德尔松还在行进着，你不必担心有样板戏的乐段插进来……

一个傍晚你被叫出宿舍，冷面人对你说：夹上你的琴，去团部报到，排练样板戏，这是一项光荣而艰巨的革命任务，明天就去。

你回到宿舍先把那琴取下来，擦抹了一遍，琴弦松着，上紧的时候，你听到琴箱中嗡的一声，像是醒来的哈欠。弦对准了，放下琴，你看了看自己的手，依旧有茧子，只是那东西已从指尖换到了手心。

《智取威虎山》中，《打虎上山》一场有很长的前奏，十六分音符快而密集。这威猛的乐段当然不是一把小提琴就可胜任的，因陋就简，所有的乐器都加入了进来，演奏时你仿佛听到零乱溃散的队伍从空中逃过。除了竭力的无奈外，没有音乐，你说这不行，可能所有的乐器都要从音阶练起。没有人理会，一支要在十一天时间中排出一部大戏的队伍完全有理由不听什么练习曲这套

148

话。戏排出来了，这是一种情感的奇迹。

门德尔松变幻着，愈加明丽，摇曳……

不是什么时候都可以门德尔松的。那天演出后休息，你在一棵楸树下先拉着练习曲，你感觉手指已恢复如前，你试着拉起门德尔松，那样地投入，像个又看到希望的人。你被来视察的宣传股长听到了。他问：你这个手提琴（他一直把小提琴叫手提琴）拉的是什么调调？你回答了。他问：门德尔松是什么人？你回答了。他说：怨不得呢，听着像资产阶级酒吧间里的臭调调。闲了为什么不拉《打虎上山》？为什么不拉《痛说革命家史》《江河水》？闲了学学二胡，那玩意儿离人民近。

他提到了二胡和人民，那样正义。你无话。收起琴时，你看着那琴僵直地躺下，像被收殓的尸体。

从那一天起，我开始记日记了，每天在上铺的角落，将存积在心里的东西写出来，不管多晚，哪怕只有一行，我要写。我开始迷恋那张可以安放心情的白纸，那些文字甚至比音符更能安慰我，它们无声，只有我一个人能听到。在快写完一本时，日记被一个上海知青偷看了。他在日记本中夹了一张字条：看完你的日记非常感动，你说了好多我想说的话，希望你把日记坚持写下去，只是不要写得太露。此致，革命的敬礼！知名不具。

想起来他该是读我文字的第一人，也是第一个鼓励我的人。我知道他说的"太露"是什么意思。这之后我有时用诗的形式来记日记，我只记一种心情，那时我曾写出过"风，凛冽的白发"这种现在看来极为做作的句子。

我从一种完全的自觉开始了。这不同于拉小提琴，写作没有乐谱可以参照，我也从来没有梦想着有一天能够把写作和生活连在一起。更多的是交谈，与一张白纸对话，每次把一些文字从心里交出来时，那种自话自说的语流便很能打动一个想说什么而又无法说出的人。

就这样一直写到离开了北大荒。

现在看那只是一个开始。这一开始确实与放弃小提琴有关，但我到今天也不能承认就是因为那个事件而决定了我现在的道路，这么说不真实。

1977 年我回到了北京，二十五岁，有各种各样的可能在等着我。实际上我也做了很多的尝试，有三年的时间我一直为过那种安稳平常的生活而努力着。三年过去后，我回到了写作，全身心地进入，那种迷恋的程度使熟悉我的人都疑惑。我曾在一篇谈创作的文章中说道：一个三十岁还要来写诗的人，必定有其迫不得已的原因。这原因一直到现在我还不很清楚，但我知道与生活有关系，与生命有关系。我愿意接受一种说法：写作的人命定了要去写作，不论经历什么样的生活他都会这样。

十几年过去了，诗歌进入了生命，选择了她我至今唯有感恩。

在走出地铁的时候，门德尔松消失了。想到艺术，突然觉出她从来就没有停顿过，也不会被什么事件所中断，就像此时，左手的指尖没有了茧子，右手握笔的地方却长出了肉垫。

效　果

/

　　早上，楼下工地三个工人在打铁。火焰很高，像抽不尽的旗帜。工人夹出烧红的铁，敲几下后，扔进水槽里——滋的一声——火的魂走了。

　　冬天的火，明亮的中心，一闪一闪，像某些戏剧的片断，为不同的观者，念着不同的台词。

　　工人的锤子落下，隔一会儿，声音才传上来，像演出中的效果没有配合好——你甚至觉得这个早上也不够真实。

　　世界的幕布拉开了，人们按着谁的剧本在进入角色，谁是这场面的中心？远处有成群的自行车在奔泻，身后那所中学刚好拉响了铃声，一位长者从室内出来，打铁的人在窗外……

　　这世界按它应该的表演在表演，昨天的故事，今天继续。

　　一个闲散的人，他无所事事，被窗外热烈的场面映出落寞。

他想到了的事，是一些人的偶然。

2

"风啊！涨破你的脸颊，猛烈地吹吧……"

他读时，台上电闪雷鸣，在天空齐集，为那个伤心人表演。

他凄怆的声音打动观众，一些人灵魂出窍，一些人清醒地啜泣。

戏结束后，空下的剧院像狼藉的战场。人们走了，安静了的舞台，尘土下落，覆盖了最后一幕、最后一场，覆盖了最后那句台词。

你从椅子下钻出来，摸进了后台。你找到了藏满雷声的那块铁皮，你抓起它时，它轻微地颤抖，像一块天空发出了声响。

你抖动，空阔的剧场滚满了雷声。那个独白的演员，此时正在回家的路上，他不会想到单纯的雷声，更加热烈……

有人打开了剧院的灯。他们看见了你。他们走过来，问干什么。你说这些效果像真的一样。你说知道了雷声需要人去触动。

他们带你走，灯一个一个关上，剧院中的空椅子迎着你向前，而你正从相反的方向出去。

你说一个人在操纵雷声时，他几乎要粉碎。

3

效果分灯光效果和声音效果。声音效果中的风声，是一个木轮子摩擦一块帆布，可急可缓；雨声是晃动一把拴有众多大小不一珠子的蒲扇；雷是抖动薄铁皮；马嘶由一把唢呐吹出来；枪响要炮纸和一把砸炮器。除此之外，你需要备一段铁轨，和一张清脆可发出响声的纸，偶尔要的铁器声和人群声可以由它们代替。

4

多年后，你有机会在后台坐着，看雷雨被忙碌的人们准确地制造出来，你仿佛觉得自己在天堂的神殿。

"风！"那个帆布下的轮子转起来。"雨！"蒲扇在摇。你看见台中央那个独白的人张开怀抱，他看着台下的众生说："吹吧……"天幕上的云层翻卷，霹雳划过舞台……

你常为那个时刻激动，一百遍之后也如此。

你可以在零乱的后台，闭着眼睛绕过一张琴凳，一些树和门窗，胡须和发套，私语的演员……走到尘土的角落，抓起那张铁皮把雷声引进戏剧。那个独白的人，头扬起，手举高，雷声迫使他那样。雷在你手里，那一刻你站在天上。

5

你听到了掌声，有的人喊好，那些声音远而缥缈。

他倒下，人群站起，为他的悲惨，为自身的幸运，鼓掌。

6

人走光了，灯一组一组地熄灭。

你在那个角落坐着，再触到的铁皮冰冷而宁静。

雷电的器具闲置，天王们在尘埃中等待。

神寂寞，在高天，关于雷电的台词还没有到来。

这样孤单的后台，心黑暗。

7

火小了，工人在擦汗，早晨已过去。你铺开的纸上，也有了一些字，那些与打铁没有关系的字也是叮当地出来的——一个写字的人多么枯燥。在这时，你不能制作雷电，生活不允许，你想喊叫而没人认同你的台词。

一只鸟飞起来，它在这个时间飞往水池。它按照剧本的要求渴，而后是喝水；你按剧本的要求是看见，而后是想。

这时那些工人又开始工作，像早上的重复。你抓起写过字的纸，抖动——没有雷声。生活的要求是沉默。

沙　漏

沙漏被倒过来，昨天的沙子又流回了，一样的沙子，一粒也不少。

过日子像沙漏，不是圣人说的"逝者如斯"一去不回，它可以重复，今天昨天，今年去年，你数过的沙子没有一粒是陌生的。这样的日子很容易想到一个词——平庸，多数的人免不了过平庸的日子，无奈或情愿。（站在船头叹流水的人毕竟是圣者。）

听到"青春像一只小鸟，飞去不再飞回"时翻检自己，发现青春都随着断牙脱落了。幸运时，你盯紧了鸟巢能看见鸟飘忽的影子，那些影子不是沙子，也不是流水，它们是影子——过去与未来都不可抵达。

你在沙漏中尽力体会着消失，空出了的地方更重，它们在等待填补，一些回忆也不能减轻分量。空出的地方在真实之上，清清楚楚。

讲述之后它就丢了，把过去交出，以后的空将无法填补。你没有东西再供翻阅，照镜子看到一个透明的人在生活中进出。你将更平庸地过日子，那只沙漏颠倒着也已厌倦。

155

每个人心里都有一部大书，它从很远开始，聪明人并不把它讲出来。你平庸加上无聊，你花着储存的积蓄，你看到有形的沙子正在漏光，空的地方越来越大。

我的日月

日月·1973

9 月 23 日/富裕/晴

有七八天了，总是想写点什么。其主要原因就是我现在对学习抓得太不紧了，无论是从笔记到看书，都很少。这些东西有一段时间我认为是无益的，于是乎就把原来的嗜好俱已忘却了。有时堕入闲聊和无为之中，想写一封信，都无法用语言把它表达清楚。在连队时的那种刻苦自持的精神，看来已有两年不在我身上出现了。就在这两年之中最美妙的时光过去了，那就是二十岁和二十一岁。唉！当你觉得碌碌无为的时候，便会感到时光过得飞快；但你省悟过来回首往事的时候，你又会觉得像金子一样的岁月流逝了，吝惜得几乎要哭出来。

别人都在超过我，秋白、小铃……无论是政治上还是学习上。马平也跑在了我的前边。确实有客观上的东西，但我现在想这些是不现实的。继续努力吧，再使一把劲，争取超过他们。

在此之后，我应把业余时间利用好。闲下来写几篇板报，

"冲锋""伟大出于平凡""诗"之类的，既锻炼了自己，又有了益处。一定做到。练声问题也不能放松，总要注意些，顾此不能失彼，也要加强。团结要搞好，劳动要卖力。

9 月 24 日/富裕/下雨

今天休息一天，去了一次富裕镇。好像看到了三十年代的小市镇，落后极了。也许出生于大城市的缘故，我总以为它不符合时代。看来我们祖国还是一穷二白的，确实需要我们的双手去好好改造。

……咳！真不知道怎么相处，原来的手段看来不行了，藕断丝连总是互相猜忌，但我又不愿意。咋整？不过不管怎么样，待一步再说吧。

书我买了三本。一定要读完、读细，否则就买而无益了。读书这个习惯在我身上消失两年多了。细想来我还不如小时候呢，真惭愧。

9 月 25 日/3249 部队/冷

三年不见了，刮目相看，这里变化是惊人的，原来孤零零的几座小房子，发展到现在新房子比老房子还要多了。"触景生情"，景虽并不感人，但终归是游历过的地方，感想总是有的。"三年了，物质都在变，但我确实进步太小了，细细想想真是没什么进展，只不过经历了许许挫折，走了许许弯路，遭了许许打击，长了许许体会，而添了许许白发，和长了许许胡须而已。"

160

除此之外便没有什么了，真可谓"身世浮沉雨打萍"啊。想到这些我真恨自己。骄傲的人总是看不到自己身上的弱处，而往往沉溺于盲目之中，当他这种睡梦过去了之后，想想有多伤心啊。但伤感并不代表认识错误。应该做的是，努力奋斗把这两年的时间补回来，让自己的脚步迈得越大越好。

晚上该演出了，天真冷，坚持吧！

9月26日/回到了二龙山/火车上

两件事情给了我更加深思的机会。咳！真不知怎么搞的，太没有估计到了。为什么什么事都赶上我了呢？冤死我了。说实在的，感情真难以抑制，彻底地木了。我应该怎样去处理这些问题呢？是不以为然呢，还是……咳！算了吧，在评奖的这个问题上，争执多了没意思。再说大局已定，何不来一个无言的反抗，否则也无益可得。忘却吧！忘却吧！我相信大家会看得到的，做出来的事，别人有眼都能看到。我觉得这并不是宽慰自己，并不是。荆棘和坎坷总是有的，铲除它，奋勇前进！

关于入团问题，我一定要继续努力争取，现在我的想法确实不同了，我觉得我更迫切了。看到同辈大都在鼓帆举棹，而我连一丝迹象都没有，我不甘心啊。虽然在客观上他们比我优越点，但我绝不气馁，争取和他们齐头并进。

9月27日/休息

笑了，天大的误会，咋整的。

关于姐姐要调来的问题，现在该操持了，以后把这件事多放在心上吧。

昨天，收到了梁波的来信，确实处的时间并不太长，但友谊还是有的。在她没有走之前，我就挺佩服她的苦干精神，虽然她的客观条件特别好。我觉得她这种精神是十分值得我学习的。

她所传达的话我应该牢牢记住："要有坚定正确的政治方向，好好工作，争取入团。"这话说得多么中肯，说得我惭愧极了……她真是女子里极少见的。我大感望尘莫及呀！惭愧，惭愧！

鲁迅的文章，确实感人，有趣极了。写得是那么生动，有时读着读着就哑然失笑了，不禁暗叫一声"带劲"。读书这件事真要持之以恒，绝不能放松自己，有时间就读，有了感想就写下来，不能懒。

秋天到了，西风瑟瑟，候鸟南归，万物败落。人们都说秋是凄冷的季节。过去许多小资产阶级的文人雅士也曾惜春伤秋，对这落花流水发过许多感慨，鲁迅的《秋夜》中，就曾写过这种人。

但我最喜欢秋天，农作物都成熟了，人们每天都兴高采烈地忙于收获，一年辛苦的结晶便在这秋天完全显露出来了。到处都可以看到急驰的汽车和忙碌的人们，所以秋天也大有春天的那种生气和活跃，而且并不亚于她。秋菊，虽然并没有春花那么媚、那么艳，但她显得那么严肃、那么矜持、那么朴素。黄巢曾形容她们："飒飒西风满院栽，蕊寒香冷蝶难来……"秋天的红叶也

162

是十分美的，杜牧写过"停车坐爱枫林晚，霜叶红于二月花"。总之秋天美的地方多极了。记得小时候也是秋天放暑假，那真是放纵的小马，毫无羁绊。捉昆虫、放鸡……现在一回忆起来还是那么甜蜜，小时候真美啊。

现在秋天也到了，我在这"凄凉"的季节，觉悟了许多，我争取上进，努力奋斗。

虽然秋天败落、凄凉，但我却那么兴奋和兴旺。

9月28日/劳动/土豆入窖

今年土豆大丰收，堆得像小山似的，整干了一天也没有干完，明天看来还得干一气。"十一"眼看要到了，到边疆之后已经整整过了五个"十一"了，时间过得真是飞快。记得第一个"十一"过得最惨了，不但没有休息，连游行都没有收听到，到车站拉砖去了。今天看完了《我之节烈观》《未有天才之前》《突然想到》（五至六）。

9月29日/劳动

今天，我看到食堂里贴出了喜报，有七名同志又光荣地加入了共青团。其中有一名是我们排的。当我看到喜报之后又是惭愧又是羡慕。我确实年龄已经不小了，来边疆也有四个年头了，就是争取入团也有一段时间了，但是一直未能如愿。咳，真笨，今天看到建建也入团了，我一定好好向他们学习，加快自己的脚步。

到今天看完了《论"费厄泼赖"应该缓行》《一点比喻》《我还不能带住》《无花的蔷薇之二》。"墨写的谎说,决掩不住血写的事实。"

记得小学六年级我是比较好学的,每天看书,有时都到很晚,但那时也并不是全看闲书。我对散文是十分感兴趣的,那时看的《雪浪花》《荔枝蜜》这两本散文集对我的印象都很深。那时也喜欢古诗,闲下来也用心地抄了两本,至今还保存着。并且记得很牢,能背许多首。现在和那时相比真是退后许许了。惭愧啊!我有决心在我那回忆之中捡起那些刻苦和好学来。虽然现在已有二十余岁了,但还要认真学习,决不让时间白白荒废过去。

9 月 30 日/休息

夜已经静了,虽然今天是国庆节的前夜,但在这偏远的小山屯里却没有一丝热闹的气息。同志们都包饺子去了,唯有我在洁白的灯光下写着这不成文的日记。每到这时就会有很多回忆,一股股的思乡情不时地袭上来,压抑着我的喉头一阵阵地紧……

那还是在 1969 年的 10 月,记得我们刚来到边疆两个来月,全班的男生都住在直属排红房子的第二间,那时有小铃、杜严、哑巴、广森、分头、富琢、倪伟、陈钢、盛为毅、区长、秋白、大京、大伦、子民。也许还有,不过忘却了。那时只有十六岁,确实都是孩子,虽然都已迈进了生活的大门,但没看到那门内的奇妙和广博,也并不知道自己也许会在这儿待上一辈子。总觉得好像在学校下乡劳动一样,高兴起来又煮毛豆又烧玉米,但闲下来一旦想起家竟完全抑制不住自己，眼泪便落满了面颊。记得我也哭过一次，那是看到家里第一次寄来的照片，当看到母亲那布满皱纹的慈祥面孔在朝我笑的时候，我再也控制不住了，泪水模糊了眼睛，似乎看到妈妈在苦笑，在亲切地喊我。这一切多熟悉啊！我眼睛一闭，眼泪便像泉水一般涌了出来，我急忙拿书挡了起来，就这样闭着眼睛整整哭了一上午。唉，想起来也幼稚，但是我还是珍惜我那时的感情，直到今天都不认为那是错误的。夜更深了，包饺子的同志们还没回来。我从回忆之中醒了过来。万物杳然，我只能看到桌子上自己的影子，那么呆木，那么滞板。变了，确实变了，我不禁感叹流逝的时光，给我带来了人生的学问，带来了劳动的双手，带来了唇上的胡须和目下的皱纹。变了，确实变了，虽然自己现在还不是共青团员，但也不是四年前哭鼻子的小孩了，有了性格和气魄。四年，在人的一生中不是那短暂的一瞬，但我自省我并没有很好地度过，这四年，我进步得太小了。

今天看完了《记念刘和珍君》：

真的猛士，敢于直面惨淡的人生，敢于正视淋漓的鲜血。这是怎样的哀痛者和幸福者？然而造化又常常为庸人设计，以时间的流驶，来洗涤旧迹，仅使留下淡红的血色和微漠的悲哀。

10 月 1 日/国庆

今天是我来兵团度过的第五个国庆。岁月过得真快，转眼间如白驹过隙。虽然今天在我来说过得并不是那么有意义，但当我晚上提起笔来借着烛光写日记的时候，感情还是很深的。我从小就热爱自己的祖国，爱我们勤劳勇敢的民族，爱我们富饶美丽的江山。虽然我没有经过那非人的旧社会，但我深深地感到了，自从一九四九年在党和毛主席的领导下统一了江山，我们的祖国更加富强了，人民再也不受那人为的和自然的灾害，永远过着幸福的日子了。真正的祖国已经走了二十四个年头，我在这二十四年中也活了二十一年了。我应该想想自己怎样才能跟上祖国的步伐呢，也许很难跟上吧，但我一定努力争取。

10 月 2 日/劳动

今天建建送来了《高老头》，我一气读了一百多页。我觉得我并不是仰慕它的盛名而读它的，巴尔扎克确实写得不错，他对于生活太了解了，讽刺性写得真强。我决心把这本书读完，时间太短了。

10 月 3 日/劳动

我利用了劳动的闲暇和早晚的时间，终于把《高老头》读完了。为了它，昨晚的日记只写了几行。巴尔扎克这个伟大的文学巨匠以他那辛辣的笔调，极其形象地描绘出了十八世纪资本主义社会上流世界的丑恶与卑鄙，像一幅百丑图一样展现了一大群魑魅魍魉鬼怪。高里奥老头的大女儿，简直就是杀死她爸爸的凶手。看到最后老头将死时是十分感人的，我相信每一个父母如果看了高老头最后的独白一定会引以为戒的，对儿女绝不能太娇惯了。书中的欧也纳似乎是作者塑造的一个理想的人物，不过我觉得他的正直在那种社会是一定要栽跟头的。其中拉脱冷的一段话，说得简直太妙了，他确确实实讲出了资本主义社会的那种金钱关系。总之读了这本书感想是挺多的。

现在我不能放松对自己的要求，还是应该努力。汇报一直没有写，抓紧时间写一份吧。

10 月 4 日/劳动

今天，吃完了晚饭去建建那儿玩了两个多钟头，我觉得他们像我三年前那么欢乐，无忧无虑的。确实这两个小时我特别高兴，但无论如何，我要节制自己，应该正视现实。

前一段的想法，似乎现在有些淡漠了，这是绝对不行的。想来想去，不努力就没有出路，可能过半年又是一次，我应该怎么做呢？努力去争取，现在看来是不能等闲视之的事了。我应该记住这一句话："你是否能每天早上起来，比隔夜更有勇气。"

10 月 5 日/劳动

今天，我想到了许多……事情为什么总不能按照人的感情去发展呢？有时我觉得这很简单，做到也许是极易的，但事情却不是这样，我很难抑制自己的感情。骄傲这个缺点，也许在我身上是十分突出的吧？人的本性是那么难改，从小家里人就批评我这个缺点，但至今尚未改正。我应该争取和他们融在一起，这我想也许并不难吧，做起来看吧。

政治上有没有头脑应该怎么看呢？首先在学习与运动上应该表现出来。在生活上也有政治，坚持原则，尤其是平时的谈话，有时不注意就露出了资产阶级、小资产阶级的意识，这也许是世界观没有改造好的原因。

鲁迅先生知识的渊博是惊人的，无论是古今还是中外，都了解得那么透彻，我想这是读书的结果。鲁迅似乎说过：我的天才就是把别人喝咖啡的工夫用来读书了。这确是应该效仿的。

10月6日、7日/劳动

这两天一直在为姐姐的调转问题忙着，这些事我真有点烦，但想来想去也没法子，该忙还得忙。现在还不算太麻烦呢，姐姐来了也许就更乱了。

一直没有接到家里的来信，我想他们"十一"一定很忙吧，愉快和不愉快我却不能知道。今年的春节想起来是比较愉快的，那天也许是我们家这五六年来少有的日子吧，父母真是高兴坏了。咳，也许以后不会有了。

10月8日/劳动

我不愿意太管这件事，但我不希望他这样。总之，我做得恰如其分，并不觉得有什么过分的地方。

我特别喜欢我的妹妹，不知怎么搞的，还没到边疆的时候并不觉得特别爱她，到了边疆之后，我才体会到了真正的感情。妹妹是和我一起长大的，小时候总是在一起玩，所以比起其他哥哥姐姐要亲一些，这也是必然的吧。我想她现在也像一个大人了，想来也有十九了，我应该时刻关心她的成长，尤其那么小就走上了工作岗位。再说她是家里最小的，现在也许就更惯着她了。我特别希望她成为一个有风度的人。

今天唐爱松来了，听他讲完了去六师的经过，我觉得这也是一次奇遇，真有点骑士风度了，他的魅力真大。

10 月 9 日／劳动

昨天，和建萍、建建在统计小屋子整整聊了四个多钟头，现在看来是又结识了一个朋友，虽然以前就认识，但还是昨天才更熟的。想起来到团宣传队有两年多没有结识新朋友了。现在我对这方面并不热心了，但我愿意结识建建。昨天的巧克力真带劲。

昨天我的劳动情绪太低了，真提不起精神来，就是到下午挖坑才有点情绪，主要是老不休息，太烦了。

10 月 10 日／劳动

今天，接到了爸爸的来信，我想到这么一个问题：有一个正确的政治方向，重要不重要。接到梁波的信我曾经想到过这个问题，但对它理解不深，而且原来我也有很多疑问，想不通为什么大机关的子弟们会那么做。今天，我整整考虑了一上午和一中午，只有了粗浅的认识。这就是：关键在有没有坚定正确的政治方向。想想我的过去，很多事情都是盲目的，不论是学习还是做事，只凭兴趣，或者是看别人这样自己也去学，所以没有毅力，没有恒心，总是不长。现在想来这确是目的不明的结果。写这本日记也是，看到别人这样做之后觉得自己落后了，才写起来的，并没有什么目的。咳！以前的时间大都荒废了，悔之晚矣。在今后的工作中一定找到正确的政治方向，这是大计，也是所谓的志。当我悟出这些以后，心里特别高兴。我日记以后也许没有谁能看，但也未知。不过一旦有观者，一定会看到我的"咳"太多了，或许会觉得我消沉、颓废。其实我觉得我不是这样。在我以前从来都是骄傲的，从小也许就是这样，现在却变了，我在很多时候都觉得不如人家，我觉得我特别傻。所以经常"咳"，这也许是醒悟的感叹，而且我觉得这是前进的号角，催着我前进。

书是要看的，但歌也要唱。这些天歌唱得少了，以后注意。

10 月 11 日/值日/打夜班

我用夜班的闲暇来写日记，眼睛迷糊了，困了。今天虽说值日，但一直没有间断，比干活还要累。今天晚上这夜班真要咬牙了，还要坚持，少说话多干活，否则岂不费力不讨好。

我看着灯影，大得怕人，麻袋压在我身上是那么自然，真不相信是我啊。自从十六岁来边疆已经有四个年头了。其中有两年多在扛麻袋，两年多真长啊，如果母亲有幸能看到我的话，那……

今天看完了《写在〈坟〉后面》《魏晋风度及文章与药及酒之关系》《答有恒先生》《文艺与革命》《铲共大观》《新月社批评家的任务》。

10 月 12 日／夜班休息

一天就快这样糊里糊涂过去了，怎样才能过得更有意义呢？这在我是很难想出来的。我曾经这么说过，我从小很少受到世俗教育，羞于说话和懒于求人。但不得不承认，我在政治方面也很少受到教育，这是我的一大弊病，致命的弱点。我有时想的东西也很多，但总是以为那些东西是高不可攀的，我没有勇气去爬那陡坡，但是胜利是要付出多大的斗争和勇气啊，我太缺乏这一点了。劳动的奋斗，政治上的高标准，生活上的俭朴，同志之间的谦虚，领导下的老实，我一定逐条做到。现在真是不可放松自己了。

鲁迅曾经说过："中国一向就少有失败的英雄，少有韧性的反抗，少有敢单身鏖战的武人，少有敢抚哭叛徒的吊客。"比比这些，何况上进乎。不成器啊！

见胜兆则纷纷聚集，见败兆则纷纷逃亡。

10 月 13 日／休息／打夜班

今天从早上起来，我便在书桌边上坐着，努力地写完了早已许下愿的思想汇报。这汇报却是在纷乱之中诞生的。早上买鞋的

171

风波弄得我思前想后的。中午接到了姐姐的来信，对我的压力太大了。咳！她要求得太急了，把事情想得那么简单，她的心也许很好，但这样可怎么行呢？关于她找朋友的事，我并不了解其中的内情，但那位是党员也许会不错吧。然而他上学了，这事也许就悬了。

总之在今天这些烦闷的心情中我回想起来了，我上中学的那年，家里的大孩子都走了，只有我和妹妹在家。父亲的问题确实给我那颗幼小的心灵留下了深深的创伤，要安慰妈妈，要保护妹妹，还要去给爸爸送东西，要知道我才十四五岁啊。我现在认识到了，那一年是我无忧的童年与开始考虑问题的分界线。

10 月 14 日/夜班休息

昨天，就是在劳动的空闲匆忙地把日记写完了，它并不能尽述我的心情。这两天我一直在苦闷的笼罩下度过来，没有一个人一件事能安慰我。确实在我这张呆板的脸上，也无所表示，这也是无可非议的，并不埋怨谁。我估计我已经堕入了，完全堕入了……当我们在打牌听到之后，我的心跳得是那么剧烈，烦躁极了。我恨啊！当时我的感觉就好像眼前蒙上了一层纱，整个身体都坐不稳了。但我极力不表现出来，表面上也许我很坦然。我觉得我的心都绞在一起了，一拉一拉的，痛得我直皱眉。当时我憎恨自己，但我为什么……我不明白我自己。我想极力从名著中找到我的同情者，但是枉然。也许生活中很少有这种例子吧。我去问谁呢？我抱着我这颗沉痛的心，径自回来了。我并不能找到宽慰我的事情，我想了很多，这几天是为什么？哦，man……我说心里话，我第一次恨，第一次啊！也许是我太自私了，也许我错怪了，但这不是主要的。平常我曾想说，缺乏矜持。唉！我真感觉到自己进入了低谷，辨不出路径了。堕入了，完全堕入了……

为了聊以自慰，我像吃书一样看着《战争与和平》，这本书以广泛的笔法，写了许多的人物，有可爱的，有可怜的，也有可恶的。在看这本书之前，我听说没什么意思，人物太多了。但看了这么多，我却觉得比想象的要好，并不烦。在看到关于彼埃尔遗产问题时，真叫我揪心。但是我现在并不知道我为什么要看这些书，是像宝石一样来装饰自己吗？

10月15日/劳动/上夜班

啊！心儿在唱歌，你像红太阳，照亮我心房……恋歌是一个瞎子唱的，唱得多美好啊，今天他也唱了，同样幸福美好。昨天写到这儿就没有时间了，今天接着写吧。

猜忌往往把整个事情毁了。但这不是完全指责、猜忌，猜忌是有条件的，有它一定的客观因素。我并不怨我，我有我的说法。我还将对"他"说。

今天看了电影《在一个小火车站》，吉他给我的印象是挺深的，美妙、深沉。电影的内容却并不感人。

夜班，真累啊，当时那么痛快，衬衣全湿透了。一个小时的"强行军"换来了一天的休息。

10 月 16 日/夜班休息

一整天，几乎完全沉浸于《战争与和平》之中。终于和《高老头》一样，借着烛光把它读完了（第一卷）。摆在我面前的人物是那么多，但个个都给了我较深的印象。安德来的印象最深，他是那么勇敢、正直，我觉得这是青年人所应该有的。我曾经这么假想过，如果一旦我要为了祖国去战争，我能不能勇敢呢？我想是能的吧，也许。彼埃尔的爱情命运使我同情，他为什么不能自持，这可真不咋着儿。爱仑，托尔斯泰所描绘的虽然外形很美，但灵魂是肮脏的，简直是鬼。我现在想我这类人，为什么总是不得志呢？回忆起边疆的这四年来，我是这么回答的：从小有幸福的生活、骄傲的脾气，没有接触过世俗的作风，但在客观上的条件却是那么差。高可攀不上去，虚荣心还特别强，低也不就……就是这样胡乱地耽误了整整四个年头，唉！"教训"让人一回忆起来是那么痛苦，回忆的剑刺痛了我的心。

10 月 17 日/劳动

"矛盾"为什么出现得这么频繁，尤其在我的身上？昨天还是那样，今天便这样了。我现在更不"怨"我了，我觉得我的心是善良的。我总是原谅，想着想着便觉得好，我不应该自私云云。我想我现在需要机会，去好好地谈谈，尽早地获得这个机会。

说真的，我还有许多要写的东西，心中闷极了，但我写不出来，也不好写了。为什么会这样？在原来，我这样过吗？这里边有多少要说的啊！

今天黑板报上登出了我的思想汇报，我很高兴，这也许对于我今后更多地写这些东西有很大的益处。用托尔斯泰的话，我"震动"了。我决心到下一个星期，再写上一篇稿子，是"伟大出于平凡"呢，还是"学习鲁迅，敢于斗争"？这事一定要办，如果有决心便利用业余时间去写。

10 月 18 日/劳动

矛盾的心使我无处下笔，每天总是有那么多的事向我袭来，在我没有写日记的时候好像没有发觉这些事。现在我特别喜欢日记，它好像就是我的灵魂，每天把我都完全描绘出来。闲暇时翻翻它，不但是乐趣，也是检查自己的明镜。

它打动了我，动了，心动了！每逢到这个时候，我是控制不住自己的，幻想总是飞来。机会太少了，还有什么说的呢？这占领了今天晚上我的整个的心。我说了，他也许震动了，从表情上看是这样，但还难说。现在我真主动了，我得保持这个，好好帮助他。这样下去真是不行，我有时觉得我并不了解他，到底想的是什么，也许没有主见，也许是……我想谈一谈，但机会太少了。而且，每当我……所以我想这也许是很难的，需要我有大的勇气。说真话我从来没有找过人谈心，只有别人找我。我很少怀念在团部宣传队的两年多，也许是没有什么可想的，旧的日子使我搜寻不出有趣的事来，没有感情啊！一切都是不言而喻。

10 月 19 日、 20 日/劳动/夜班/值日

这两天一直沉浸在练声之中。人为什么总是这样，想起这个就忘了那个，于是昨天的日记也没有写，这样是不行的，直拖到今天。这种现象以后一定要杜绝。

好像机会又来了，想起来也可笑，去年的这个时候，恰巧是去兵团参加学习班的时候。我总以为这是天意，其实不是。天津歌舞团只要天津人，这对我来说一切便没有了。我想的只是抓紧时机好好向他学习，但别人并没有这个意思，所以把今天晚上这个机会放过了。只是昨天去了一次，收获还是很大的。也许他有心事，所以对教学也不是那么热心。歌唱这个东西，就是一个意思，它需要时间和毅力。现在我的毛病又再次被指出来了：下颚不松弛。我觉得这是一个大毛病，克服它也许不那么容易，这从条件上来说应该有好老师，但我只短短地学过五十天，而那是非启蒙的时候。现在我确实是最最需要人指教的时候，咳，条件太惨了。练不练了？今后怎么办？前途有没有？这都是摆在我面前的问题。回想一下，今年一直都坚持练下来了，但毛病还是没有改过来，我也不知道现在到什么程度了。不练吧，我特别爱唱歌，爱到了一定地步；练习吧，条件太惨了。虽然他曾经说过只要我好好练，前途是挺大的。但那要练啊，咳，对于我们这些土音乐家太难了。

不过我有决心还是练，不练高音，把中声区先搞好了，把放松练习做好，等回家再去找人学一学，也许机会还有吧。

10 月 21 日/夜班/休息

今天，下了决心又去了一次那儿，再次获得了学习的机会。这次虽然我没有唱，但我对今后的唱增添了信心。我觉得只要努力，没有改正不了的毛病，尤其在声乐这门艺术上，需要时间和毅力，要有自信。这些都是十分必要的。"下颚的放松"我相信要练它半年不会没有成效吧。

晚上去建建那玩了三个多小时，我相信我的风度也不至于太低吧，他们爱戴我吗？我想差不多，歌我是又唱了，挺迷人的。虽然其中有一位同学，我也并不拘谨，但还没有充分地表现自己，做得恰如其分，有我这点能耐，想是在连队里是够用的吧。我倒是喜欢在这种连队，有活力。日子一天一天地过去了，年龄也在逐渐增大，然而前途却远远地离去了。真不知道该怎么办。政治上要要求进步，在练声方面也要加强，这些都是必要的。

10 月 21 日/夜班/休息

今天接到了爸爸和小铃的来信。小铃的生活使我向往，虽然同样是农民，但他的条件要好得多，而且离家也近，就是在那儿待上一辈子也认了。

建建、李敏、建萍、窃贼他们晚上来了，我特别想经常到他们那儿玩去，但客观条件是不允许的。我要努力啊，不知今年入团有没有希望啊。明天有空着手写一下文章，还我那许了许久的愿吧。

177

我的心在变，为什么呢？着了半天急，生了半天气，又把它放弃了。矛盾，一切都在矛盾之中，年轻人的心像多变的天，一会儿一个样。我应该怎么样呢，没有一次长谈的机会。

鲁迅的文章这些天看得少了，真是每天的时间总觉得不够，如果哪天走入正轨的话，我将订一个计划。

10 月 23 日、 24 日/休息/劳动

23 日一天的时间几乎都是在天津歌舞团的赵（宝山）老师和田老师那儿度过的。唱歌已经有近两年的时间了，不过正经学起来，还只有一年的时间，我现在被唱歌完全迷住了。《知识就是力量》里有《万能的郁金香》这么一篇小品，我相信我现在就好像荷兰人对郁金香那样地爱唱歌，我现在为了学好唱歌而舍去一切。赵老师讲的确实使我入迷，我企图记住他的每一句话，记住他的每一个声音，进而把这些都变成我的。他谈到了意大利和俄罗斯，谈到了《我的太阳》《三套车》，使我进一步地明确了这些派系的差别。他指出了我的优点和缺点，这使我明白了声乐的难，尤其我这命苦的土音乐家。对于今后，我是又有信心又没有信心，没有老师这是我最大的困难。练吧，怕今后练不好，反而坏了；不练吧，我又是那么地爱唱、爱艺术。到头来结局不知如何，不过我还是有信心练的，我的本质不错，只要不违反自然条件，摸索着前进，也许可以达到唱好的目的。不过弯路会很长的，坚持也是一个问题。先练好呼吸和低音这是十分重要的，是当务之急。

计划：

早上，按时起床，6 点练呼吸，漱洗到 7 点。

上午，如干活的话就不练习了，利用中间休息时间看一些书，主要是鲁迅杂文。

中午，读报，休息。

下午，干活，休息读书，晚饭后练习，保持四十分钟。

晚上，看书写日记。

这几天不能对积极进步淡漠，不能对学习淡漠，不能对日记淡漠，千万防止一种倾向掩盖另一种倾向。

10 月 25 日/值日

每天都这样过去，有意义吗？我怎样才能使自己每过完一天，晚上伏在桌子上写日记的时候不觉得虚度呢？订的计划能不能天天执行呢？这些都是摆在我面前的问题。想起来也可笑，小时候学东西从来没有恒心，就说画画吧，有一阵真是中了画迷，爱的是悲鸿的马。曾记得有一次和爸爸、妹妹上故宫玩，当看到徐悲鸿画集的时候，真是舍不得离开了，两眼死死地盯着橱窗，多想买一本啊，但太贵了。爸爸没给我买，但回家后给我买了一套悲鸿的所有相片，我曾努力地临摹过许多画。我不喜欢海派，只喜欢正统派，觉得它清新。还有一次印象特别深，由于一上午只顾了画画，而忘了加煤，于是炉子灭了。妈妈回来责备了我，想起那时爱画画来，现在特别惭愧，想起一着是一着，这便是我的弱点。我又想起了现在的练唱歌，能不能坚持我曾坚定地下过

179

决心，但我现在自己都不相信这决心，只能到以后才能检验出来。现在连走路我都是在想唱歌。

10 月 26 日/劳动

喝菊花水已经有两天了，每当我倒完开水，看着那一朵朵绽开的菊花，思绪便匆匆地把我带到了童年。记得已经是十年前的事了，那时我还在上小学一年级，秋天到了，班主任老师起了游兴，在一个星期六的下午，他带着我们全班一起到北海公园去参观菊展。13 路汽车把我们拉到了北海后，我们一路排着队，绕过五龙亭，来到了一群古建筑前。当我们走进第一间屋子的时候，眼前的景色像是把我们带到了另一个天地，满屋子菊花开得正闹，一簇簇的鲜花，争着把它那妩媚的笑脸映入人的眼帘。黄花显得那么恬静，一丝丝的花瓣从花蒂中伸了出来，大方地闪出了它的花蕊；然而白花却清秀，静静地探出了花瓣，矜持地低着头；紫花却媚了，满脸笑容，骄傲地摇着头，看到它使人想起了舞会上夺魁的人。当时那一切确实美极了。虽然我年岁还很小，很难欣赏这万花的盛会，但给我的印象很深，至今尚不能忘。那时已经快到深秋了，所谓深，那便是万物已败落，景色亦凄凉了。来时上车已看到了满街的杨树叶和毛毛虫，还曾拾了几片叶子，和同学"斗狗"相嬉。外边是满眼秋风，屋里却藏娇纳秀，看着那些使我想起了"繁花似锦"这个词……房间一个个地参观完了，傍晚才坐车回家。一天的游玩真使人尽兴啊！

也并不知写这些做什么，我又喝了一口水，死死地凝视着水中绽开的菊花，它随着水的颤动，微微地漂游着，多美啊……

10 月 27 日/休息

今天，努力地练了手风琴曲《山楂树》，虽然没有完全拉下来，但已经有五成多了。现在拉手风琴，并不是从兴趣出发，也不是想起一着是一着，我是把它当成任务来完成的。我决心练它三个月，赶快见成效。学会了手风琴对练声和今后到基层单位去都有好处，不过绝不能让它冲淡了练声，冲淡了学习，要不就中了前边所说的话了。

晚上，没有练声，但由于别人唱歌引起了我的共鸣，所以也控制不住唱了几个歌。感觉还是下颚太紧，声音有点挤，这毛病真不知怎么改。小声练吧，也不知道什么是正确什么是错误，难以确定自己的方向，以后该怎么办？还是少唱高音，轻松、小声练习唱中声区。

10 月 28 日、 29 日/劳动

从 28 日开始照常练功了，怎样用这一上午的时间呢？这几天是宝贵的啊，尤其在一个人年轻的时候，当他知道时间的重要时是多么珍惜时间啊。我觉这几天过得还可以，但在练声方面收获总是不太显著的。这也难怪，没有一个老师来教我们，只好互相研究着来了。但人一定不能太多，越多时间过得越快，越练不好。

我总是在幻想，我存在着许多乐观的想法，我是"多愁善

感"的，这是我的弱点。我热爱生活，向往幸福，这也是自然的。但对于现在的情况来说，我害怕想这些，这对我来说是痛苦的事，我不敢正视它。

回　忆

记得上小学的后期，有一阵特别爱养鸡，爱极了。说来也好笑，第一次买鸡还是在春天刚刚来到的时候，那时小商贩还没进城来，鸡是很难买到的。但也许由于心诚吧，从别人那儿打听到，鼓楼那边有卖的，而且还是来抗鸡种。得到这个消息真给我高兴坏了，马上约好了一个同学，准备一同骑车子去一趟。那是个天阴的下午，北京的早春还没有一丝暖意，记得街上的树还没吐绿，护城河的水还冻着，天气本不是十分好的，再加上对于要去的地方并不熟悉，所以对我来说，这买鸡并不是件顺心的事。然而想养鸡的决心是很大的。两个人，四个车轮一起转过了北海，故宫的角楼也被甩到后边去了，一直骑到地安门下，鼓楼已巍然可见了。听说的地方是到了，然而卖鸡的在哪儿这还需要打听打听。我们两个人下了车，都站在路边，那时还是个孩子，再加上很少自己进城，脸皮薄也不愿意张嘴去问人，而且也选不好要问的对象，于是就这样干站了许久。最后，我忍不住了，硬着头皮，红着脸，支支吾吾地问了一个过路的老大爷。没想到大爷是那么和蔼可亲的笑脸，略显白的胡须，慈祥的目光透过眼镜，柔和地落在我的脸上。那景象，至今还在我脑子里有很深的印象。老大爷详细地给我指示了路线，还笑着问我买小鸡干什么，是不是家里有病人要做药引，我摇了摇头。于是他笑了，笑着对我说，现在养鸡可是不容易活啊，你得小心侍候。说完了还是那样的柔和的目光。我笑着点了点头，说了声谢谢，转身走了。

到了鸡场果然有鸡，满足地挑了四只，装进了带来的小盒子，便骑车往回去了。回来的心情和去可不一样，总是乐呵呵的。街上的东西并没有吸引我们，脑子里全被鸡所占据了。捧着鸡仔就像捧着心那样，小心谨慎，生怕那小鸡受了颠簸，受了惊吓。一路又是同样的故宫角楼景山北海……一路也下过几次车，高兴地蹲在路边，看小鸡，它们安详地挤在一起，这让我放心极了。

到了家里，家人也都很高兴，但终归没有养过，总是担心不能养好。事实也是这样，早春的鸡是不好养的，正如那和蔼的老大爷所说，我用尽了心思，然而并没有使它们活过来，相继都死去了。当时我真伤心极了，第一次养鸡给我的挫折这么大，后来又养过几只，却都活了，而且长到很大。但第一次养鸡对我的印象是最深的，然而它们的命运却是不济。

我爱自然，爱生活。

10 月 30 日/劳动

这几天的业余时间我都在坚持着两件事，练声和练手风琴。练声是每天都在坚持的，稀稀拉拉的一年没有间断过了。今天我有了这种想法，觉得自己在音乐这方面还是有些才能的，走过来的路自己回头一看真有点"漫长"，虽然只有一年，但想起来是那么遥远。今年春节回家的时候，三哥给我的印象是挺深的。他今年已经不小了，但对个人生活还是那么随便，性格是那么开朗，总是生气勃勃的。就拿练钢琴来说吧，每当星期天回家来，就在桌子上铺上一张画满琴键的纸，一弹就是一上午，我看都看枯燥了，他还满有兴味地练着。他的毅力真使我叹服，我想我这几天练功能不能是一阵子呢，我希望向三哥好好学吧。

10 月 31 日、 11 月 1 日/劳动

最近有一次我偶尔照了一下镜子，看到镜子中的我时，突然给了我一个陌生的感觉，胡子，啊胡子长了，比原来可长多了，尤其是嘴唇两角，黑黑地布满了数根，看起来不是什么绒毛了，而是地道的胡子了，真带劲！我很少照镜子，所以对于自己很不熟悉，可以说，一旦大马路上有和我长得一模一样的人，走过来也不会有什么感觉的。所以这次照镜子更感到自己陌生了，仔细看了看，连两鬓也探出了许多毫毛。咳！真是岁月无情，小伙子长了胡须，姑娘们添上了皱纹。时光飞一般地过去了，我相信再过不久，我就要用刀子刮它了。

占条再过几天就要回天津了，永远不回来了，今天为了给他送行，一起去小店吃了一顿饭。吃饭时我幻想我有走的那么一天，但是，当我刚有这种念头时，马上苦笑了一下，下意识地摇了摇头，觉得我这种想法是不现实的。反过来一想，又有一个一同战斗过的同志要走了，心里真不是滋味，这滋味有"凄凄离别情"，也有"乱离朋友尽……独在天一隅"。总之怕啊，怕有举目无亲的那一天。今天不应该喝酒、抽烟，以后必戒之。

11月2日、3日/劳动/排练

屋子里静极了，只能听到我写字的"嗦嗦"声，电灯发着白光，刺得我眼睛更睁不开了，困意浓极了。但还不能去睡觉，日记还没写呢。这两天要写的真没什么，想要写的又写不出来。为什么现在不像最初写日记那样有说不完的话呢？奇怪。

他肯定恨过我，也许他生气的次数比我还要多呢。为什么？我觉得他很懂事，想得也远。这看法为什么跟以前不一样？主要这是两件事，所以就产生了两种心情。我得注意平时的举动，一切保持适当，恰如其分。我想起来特别怕它，但又在渴求它，所以我必须这么做。

后天就要演出了，可恶的演出，耽误了我的一营之行。就在这时候，他们也许十分热闹呢，我没去，唐渡、袁建总会不高兴的吧。这种盛会，也许以后很难遇上吧。

我怀念一营宣传队，细想起来只在那儿待过半年，但使我值得怀念的事却那么多，也许每一天我现在还都记得呢。那时的劲真大，有一阵特别激奋，在一营的半年就连一支烟也没抽过。当时我特别爱他们的朴实、单纯，憎恨我的不良习惯，所以大家都说我变了，其实是他们不了解我，我是特别善良的——起码自己这么认为。

11 月 4 日/排练/演出

有近一个月没有演出过了，今天突然的任务使我措手不及。只排练了一上午，晚上就演出了。正赶上我的嗓子不好，独唱也就免了，总之同志们的情绪普遍都不高。宣传队今后的趋势如何，真不知道。昨天做了一个梦真可笑，梦到宣传队解散了，我自愿要求去十六连，而且在那里很好……我不知道我真正遇到这种事会怎么样地处理，只要坚持，这也许是对的。手风琴、声乐还要练，这两天主要是演出，所以抽不出时间来，对于以后的要求进步应该怎么办，我应该有一定的计划和策略，不能放松自己的要求，还是那句拉脱冷。

11 月 5 日、6 日/演出/休息

5 号接到了老赵的来信，老赵对我的热情帮助，确实使我很受感动。今天下午努力地写了一封信，足足有四页吧，比起他的信我还差两张，但是推心置腹的一封信，我想我应该把他的信好好存起来。

休息一天，没干什么事，意义并不太大，只是写信是一件正经事。

今天，把相册又拿出来了，学生时代的情景又展现在我的面前。天安门前照了很多的相，每次回家都有印象，相片往往使人产生回忆，看到那时的同学现在各奔东西了，真有点凄凉。有的已经忘却了，有的印象却还很深。但感情总之是淡漠了。

头疼得厉害，再也写不下去了。

11 月 7 日/排练

今天，接到了妹妹和爸爸的来信，自从上次给妹妹写了一封长信之后，我想她会给我回一封长信的。果然不假，信回来了。

我极喜欢我的妹妹，也许是从小一起长大的缘故，所以感情特别地深。在来边疆之前，这种感情我还很难体会到，也许是年纪小的原因，但到了边疆之后，我是经常想她的。妹妹幼稚，但很坚强（我们曾经一同度过了困难时期），虽然已经工作两年了，但我觉得她懂的事还是很少，主要是从来没有脱离过家庭。说实在的，我有时候真担心她呢。每当我看到她的信，眼泪不知为什么总是在打转转，她称我为最好的哥哥，我其实是更喜欢她的。咳！

有时候我这么想，原来家里是多么热闹啊，有个二哥能把人逗死，三哥也能说会道的，老爱讲故事……那时爸爸妈妈老是乐得合不上嘴。现在可是不行了，每天只有老头和老太太，妹妹到很晚才回家。不知毛毛上不上全托了，有个他也许还会热闹点。但终是不行了，我来了有四年多了，来时几乎是经常想家，现在也许习惯了，感觉淡漠了。但只要把我的思绪一勾引出来，我还是极想的。"想到伤心处，投笔叹身世"，忘却吧！

11 月 8 日/排练

今天一天都在忙着听乐队练给我的伴奏，管弦乐还是第一次尝试，不论是对我还是对乐队都是第一次，不知道它的效果能怎么样。我这两天真是尽了最大的努力，听唱片，研究唱法，整天都消磨在这上边了。如果成效不高的话，给我的打击将是不小的。

大哥的来信今天收到了，他鼓励我练声，他讲了时间与艺术的关系，我觉得也是对的。我曾经想过自己现在有什么本事呢，什么也不行，原喜欢文学，但现在显然是不行了。宣传队的几年夺去了我这一辈子，虽然，现在还喜欢文学。想来只有声乐在我身上还有点超人的地方，一定刻苦练习。今天，看到《新体育》上有人介绍游泳运动员的一则报道，感触很多，想要深造必须有基本功，要正规，我现在就是缺这些。我曾经为没有一个老师教我而伤过很多心。我想那些现在在北京的学员有极好的条件，不知他们有没有这种感觉。我太想有一个好老师了，如果真有上帝的话，我要祈求他。

11 月 9 日、 10 日/排练休息

有没有勇气，有没有信心，这对我来说是十分重要的，我想不论是做什么事情，都一样。练声所遇到的困难太多了，我现在想起来，总好像它是一层雾一样，遮住了我的视线，看不到前面的路。但遇到这些怎么办？是向它妥协吗？我想不是，但又缺少战胜它的方法。练声这东西不能蛮干，要有科学性，有辩证法，否则便会向坏的方面发展。功夫不负有心人，也许这话是存在的，想起来这一年的坚持练功，成绩是有的，记住练声的规律，坚持、自信、增强勇气，也许会到达理想的彼岸，决不放松自己。

对于学习五线谱，我想用这样一种方法：用卡片写上很多调式的音阶，写上各种符号，然后用橡皮筋捆起来，空闲的时候便拿出来自己念，熟能生巧，也许随着时光的流逝我会看懂线谱的。

11 月 11 日/休息

用了几个小时的时间读完了《田中角荣其人》，这本资产阶级政治记者马弓良彦所撰写的传奇，感受是有的。作为一个资产阶级的政治家，田中角荣能够在那种条件下自学许多知识，半工半读，是他的长处。虽然他的目的不对，但是我觉得他那种勤学努力的精神还是应该学习的。但我们与他的目的不一样这是肯定的，所以我们更需要努力，不论是学习政治知识还是科学知识。并且应该有恒心。

冬天到了，大雪铺满了大地，东北的冬天也有趣，前些天本十分冷了，人们已普遍地穿上了棉裤，但突然地下了一场雨，整整下了一天。路，从冻土到开化到变得泥泞了。棉衣弄得全是泥。但是到了晚上，又突然全部冻上了，满地全是冰，不朝阳的墙上变得十分光滑。然后夜里又下了一场雪，把冰都给盖上了，路可真是滑极了。到现在为止我已经摔了三个跟头。我不爱东北的冬天，屋子外边不仅是冷且无趣，满眼是单调的白色，落了叶的树，在雪原之上显得更加凄凉。几只羽毛丰满的麻雀飞来飞去，更加使人讨厌。记得小时候是爱雪的，但不知现在为什么不爱了。

11 月 12 日/排练演出

今天第一次尝试管弦伴奏的独唱，似乎有些成效。虽然，那管不应该称其为管，那弦也无所谓弦，但我还是比较满意的，总起来说晚上的心情是高兴的。原来我从不爱唱中声区和低声区多的歌，但这次的《我爱五指山，我爱万泉河》主要是中声区，而且有四个中央 C 到了男高音的最低音域，原来可从来没唱过这么多 C，这对我来说也是不容易的事。这个歌我还应该努力去分析它、研究它，多听、多想。这次我对歌的研究最深，听唱片就不下二十来遍，唱法也研究了很长一段时间，还请别人提意见。在唱法方面我好像正处在一个瓶颈之中，我不知道自己朝哪个方面去。我想先练好呼吸。不过这几天的练声可不太理想，没有一个程序，以后在这一点上一定注意。

11 月 13 日/排练/休息

当一个人的命运到了决定的关头，理想和期望抬手便可得，可退后一步就一切都失去了。在这种时刻，如果听到失败的消息，那么心情是可以理解的。我原来从不相信什么命运，总觉得只要努力什么事情都会成功，然而，现在我却完全相信"命运之神主宰"着我们。我曾诅咒过我的命不好，但这又有什么用呢，我想努力去感动上苍，也许他受到我的感动会饶恕我吧。在我没有别的办法之前只有一句话："努力吧。"怨天尤人没有用。

冬天到了，每到这个时候总有一种念头在纠缠着我——回家。想回家，曾让我连夜不眠，做事情没有精神，唉……

11 月 14 日/排练/休息

今天，过得挺消极的，日子总是这样过去了，平庸笼罩着我，然而在这些平庸之中，我却经常产生回忆，甜蜜的……痛苦的……

北京图书馆的回忆

生长在北京的人都知道，过了府右街，在北海团城的右面，耸立着一座古式的牌楼，壮观庄严，有着浓厚的古风。楼前坐着两只古建筑前通常有的狮子，这便是中国最大的藏书库——北京图书馆。每当我骑车从门前走过的时候，总会停下来，凝视它那古朴的门楼，盯着它金色的图案花纹，勾起许多的冥想……

春天到了，一个星期六的下午，我第一次来到了北京图书馆。那时我只有十二岁，对于一个少年来说，进国家图书馆并不是一件自如的事。我在北门口有片刻的徘徊，然而，终于推着车子走进了大门。守门的老者看到是一个孩子时，曾投给我疑问的一瞥，似乎在问"你也是来看书的"，但是，我的态度也许是坚决的，虽然其中有生疏的怕，但眼光也许是自信的。老者犹豫了一下，便拿给我一块木牌（存车用的），对我报以生硬的一笑。我推着车子跑进了大门。走进院子的时候，我高兴极了，来时的踌躇和犹豫全没有了，我兴奋地看着院子里的一切。说它是院子也许不太恰当，它是一个一百来平方的大场地，其中种着许多的花草。到过北京的人都知道，北京的园林大方、恬静、优雅，这些都是北京人引以骄傲的。在图书馆的院子里这些全都具备了，并且还有就是读书人喜爱的"静"。图书馆是一座抱柱飞檐的古式宫廷建筑，黄和绿两种色彩装饰了它。我沿着石阶走到了正门。大厅中的花开得正闹，我印象最深的就是铁树和夹竹桃，其他的便叫不出名字来了。大厅中人很少，有的在看花，有的在闲逛，我想他们也许是看书累了出来休息的。来时哥哥曾告诉我说，目录室在二楼，我便轻轻地滑着水磨石地板向二楼走去。当时有些人曾向我投来目光，也许是年纪小的原因，我总认为他们的目光是看不起的，轻蔑的。我故意庄重点，努力使自己和他们的空气融洽些。我进了目录室，屋子里的人都在拉开的抽屉里翻看着卡片，同样是"静"。我走近了一个柜子，由于不自信，我总感觉好像有人在盯着我，我暗暗地笑了，轻松地拉出了抽屉。卡片一张叠一张用一根铁条连接起来，足有几百张，我一张一张地翻看着，许多书从没有听说过（我翻的只是文学的）。我努力地挑选了一阵子终于选中了一本《曹雪芹的故事》，便到借书室去小心地拿出了户口本（因为没上中学没学生证，只得拿出家里的户口本），连同我要借的书名一起递了进去。一会儿，一个阿姨便把书投了出来，她报以我亲切的一笑，那亲切的笑让我进图书馆以来第一次感到遇见了亲人。我拿着书走进了阅览室，挑选了一个靠窗子的座位坐了下来。旁边坐着一个中学生似乎在做着作业，他友好地向我看了一眼又去忙他的作业了。我拧开了台灯，开始看书。书写得十分好，且有趣，虽然对我来说，这书深了点，但我还是读完了。接着我又借了本《辞海》有兴趣地翻看了很久，一直到傍晚我才想起来该回家了。还了书取回了户口本，取出了自行车，拿着木牌，整个过程没说什么话，然而目光却不像进来时了。大街上下班的车子多起来了。今天是周末，显得更热闹，当时我的心还没脱离那极静的图书馆和有趣的书，由于高兴吧，嘴角一直含着笑。车子骑出了很远，我还回头看了看图书馆，晚霞照在它那金色的琉璃瓦屋顶，闪闪发光，壮观极了。

我常回忆这件事，从而谴责我现在对学习的态度。

11 月 15 日、 16 日/排练/演出/挖地槽

所谓的检查演出终于过去了，效果并不令人满意。（其实我也并不想全力地演，为什么？我也不知道。）独唱还算过得去，但总归不太理想。我想，当有些成绩的时候，应时时注意让自己更进一步，其实形势也在这样警告我，总是有人中肯地向我提出缺点。在今后的练声中我应该怎么样呢？保持原来的练呼吸、练中声区的计划，虽然我只要求自己两条，但要能做到这两条，我的声乐技巧就长了一大块了。不过这谈何容易啊！除这个之外要练好两首到三首歌，想办法借远航的唱片来听听。手风琴的练习还要加强，五线谱的学习也不能放松。我现在好像有这么一种体会，每天的时间都用在学习上，心情特别好！

挖地槽把我的腰弄得十分疼，不知是怎么搞的，我怕得什么病，尤其在这边疆，得病简直了不得了啊，以后千万注意。

11 月 17 日/排练/值日

明天就要并宿舍了，全排的男生都要住到一起了，这下子在客观上也许有许多不好的影响。我想的主要是练功，这是一个大问题。我现在应该先防止在今后的日子里出现练功不勤的现象，尤其在每天的日记中都要问一问自己当天的练功情况，严要求、科学性地练。

大家住在一起了，可能在相处方面有些困难，这是应该十分注意的。凡事做到隐忍相让、谦虚和睦，和同志们搞好关系。不过在原则问题上也要有立场、有原则，否则岂不是"老好人"了。

姐姐很久没有来信了，不知是为什么。她到底愿不愿意来，我现在还没法说，家里可能不太同意她来。其实我也不愿意，我想这对她也是没有多大好处的。这八年对她来说是一个关键，能不能上学之类的就看这几年了。我总觉得她不是那么十分稳重的，她应该很好地锻炼自己。她的脾气太直了。

日记在明天的并屋之后一定还要坚持，在要求进步方面不能放松自己。

11月18日/休息

今天由于种种原因宿舍没有合并，就这么一天过去了。咳！宣传队今后的志向怎么样，真难说啊，主要是"众志涣散"了。所谓的"志气"是什么呢？我想是这样的，真正的"志"只能从流逝的岁月中才能检验出来，有没有"恒"这便是对志的一个考验。我也曾经立过志，无志者常立志嘛。我确实常立志，但终是没有"恒"而从未达到过理想，这其中也许有我想法过高的一面，但没有"恒"这是十分重要的一面。这几天我曾高兴我对于学东西的热情，并对此而引起过自豪，但能不能长久呢，这是一个疑问。前些天，曾努力学习过鲁迅的杂文，但这些天却完全放弃了。咳！那时也曾下过决心细读多读，但终于是忘却了。想起一着是一着可不行啊，在学习中也许会遇到很多困难，挫折是时时都会出现的，但有没有毅力去战胜它呢，这就看到底有没有

"志"。有过这么一句话，"大森林里，哪儿壮汉累得受不了了，哪儿就是懦夫的坟墓"。我是想当壮汉而绝不想做懦夫的。

11 月 19 日/排练/休息

18 日晚上做了一个梦。确实是这样，美梦经常使人产生幻想，这梦等我醒来觉得它是特别蹊跷的，至今尚能牢记。不知为什么梦中出现了中学的同学，这同学我记得从没有与其说过话，但在夜里的梦中却谈得热烈，我不知为什么想起了他还掺杂着很多人。我倒是想实现这个梦呢。咳！不过终归是梦啊！

今天前进来了，他是刚从家里回来的，他是我在二龙山中可数的几个朋友中的一个吧。从家回来更俊了，我第一次回家几乎和他一起过了两个月，现在想起来总是觉得特别有意思。我跟着他也曾认识过另一个世界，欢乐的世界，但我现在确实感到了，那个世界和我已没有缘分了，现在也想不起它来了。但我还是喜欢那两个月的。

也许我这朋友在不久后也将走了。每当我想起人们一个一个走了，总是特别不是味儿，真不知怎么办。

11 月 20 日、 21 日、 22 日、 23 日/排练

啊！一连串的号码，我多不好意思啊，最高的纪录，终于在我的日记本上出现了。我并不诅咒时光的流逝，而谴责我对于学习的放松，虽然其中有许多的客观原因，但我还是应该好好检查自己。

连着两天的电影，看得我真高兴啊，尤其是《巴黎会议》，使我开了很大的眼界。外国，说真的，这对于我们这一代年轻人来说还是个谜。虽然，电影上演得并不多，但还是从侧面看到了一点点。我是爱国的，虽然看了巴黎大街上的华丽、繁华，但我还是爱我们的祖国，爱我们的亚洲文化，爱苏州、杭州的园林，爱北京的有着神奇传说的古建筑，这也许是乡土的关系吧。但我也并不否认巴黎的繁华。然而，我永远爱我们的祖国。

今天，在青年的会上发了言，我觉得我的谈吐还是可以的，我觉得我说出了自己的心里话。而且在文辞修辞上可能也不错吧。但声音在发言的时候是那么发颤，不知为什么，我对于发言总是感到紧张，不必要的紧张。

等待多日的搬家，看来今天就要付诸行动了。不大的屋子，将容纳我们这二十个小伙子，想起来也使我沉闷。彼处有没有这样的桌子和灯光呢？有没有我们住的感想和情味呢？难说啊，每天的杂乱会把人的脑子搅乱，但我还是应该按着前几天的日记那样要求自己，一切不能够放松。

求知欲使我对一切都失去了感情。我整天都花在手风琴上，《美丽的地拉那》看来是拉下来了，这对我来说是一个胜利，继续努力吧。

11月24日/排练

时光很快地过去了，在9月29日的日记里我曾写过连里发展了一批团员，我想可能在今年的元旦还会发展吧，我应该怎么争取呢？当我醒悟到这些的时候，已经觉得时间很紧迫了，我应该怎样利用这一个月的时间呢？宝贵啊！绝不能放松自己。怎样加紧呢？我应该鼓起勇气去找别人谈心，不能再有不必要的虚荣了。

11 月 25 日/排练/值班

溜冰，终于借到了一双冰鞋，每天有一个多小时花在溜冰上。我认为这还是必要的，锻炼身体嘛，但跟头是真没少摔，这也锻炼了意志。总之这么大的人再学溜冰，总有些可笑。虽然我在北京也溜过一阵，但那是花样刀，总是不一样的，再加上六年没溜过了。不过想要学会，我想也是不难的。

练声、练手风琴的事，又摆在我的面前了，可千万不能忽视，我有很多时候都在警惕着顾此失彼。最应该注重的我想还是练声，不能偷懒，用心研究，多听、多想、多练。很多东西都是在功夫和时间中成长起来的，否则，不知不觉地时间就过去了。我想可以这样，在嗓子不痛快时便练练琴，充分利用时间。

11 月 26 日/演出

今天的演出录音了，我是挺用心地唱了独唱，但听录音效果还是不理想。毛病挺多，咬字和位置，还有口型，总之太多了，不知为什么。咳，又对我是一个打击。我的练声过程是艰难的，环境不行，条件不足，尤其是初学。咳，有什么办法呢？我应该多听听、多想想，我现在才充分意识到了声音的不集中，现在又有些咧嘴了，人真要在不断的斗争中才能前进啊。不过我有毅力去战胜它，决不气馁。在学习上要永远对自己不满足，在困难面前要永远冲锋。

每当遇到了不顺心的事，我总是少言语的，怎么办呢，我是这样地喜欢唱歌，但又是这么困难。我不甘心失败，但我又看不到胜利。声乐是一门科学，不简单的科学，它看不见摸不着，主要是凭意识，这东西真使我十分着急，但又急不得。咳！多难啊！没受过这种苦。

小铃一直没有来信，不知是为什么。自从气枪子弹寄去之后，一直没有看到过他来信，不知道是为什么。

每当我想起我现在所看不到的过去的朋友，心里难受极了，我不知道眼泪会不会流出来。咳！今天为什么这么不痛快。

11 月 26 日/休息

为了唱歌，我可以舍去一切。我记得我是什么都爱的人，爱音乐、爱体育、爱文学，但从没有像这样爱过唱歌。我觉得我完全被它所迷住了，现在的每天时间都是在为唱歌所消耗着。我是第一次这么爱着一件事，我想我也许会永远爱它的。

今天，为了学好唱歌，我冻了整整一下午去录音了。唱法的问题现在又来纠缠我了。由于基本功的不过硬，所以唱出来的歌都不一样。发声的不正确使得我的很多音不怎么好听，怎么办呢？我打算去战胜它。我应该在每天的练功中，加强发声练习，虽然它枯燥无味，但我还是要用一个多小时的时间来练它，绝不偷懒。练低音，多听，多想。

如果一旦被碰得头破血流，也绝不回头，永远不回头，永远不妥协。满山的荆棘阻住了我前进的道路，我无力地呻吟着，我诅咒……

11 月 28 日/搬家

这是在什么地方？凌乱的床铺，刺目的灯光，陌生的邻居，嘈杂的声音，总之一切是那么不习惯。不知为什么使我想起了从一营刚到这儿的情景，同样的不高兴，陌生。

今天接到了爸爸和姐姐的来信。爸爸的来信使我伤心难受极了。妈妈为了给我做棉裤，连中午都不休息，戴着老花镜，一针一针地给我缝，妹妹也在旁边坐着，爸爸看到这情景便给我写下了"慈母手中线，游子身上衣"这句古诗。短短的几句话说得我一股股的凄苦之感直往上漾，仿佛真看到了那情景。咳！真恨我啊，在家中不能孝敬父母，在外边又不能为其争光，实为不孝。不知道我能不能做到，"谁言寸草心，报得三春晖"。这件事使我整天心情都不好。这些天，真使我有极少的欢乐，几乎没有。

命啊！我的命运，我的星辰，请回答为什么这样残酷捉弄我！

11 月 29 日/看电影/排练

《永生的战士》对我的触动还是比较深的。一个人在生死的关头，可以抛弃一切，不顾母子、人伦的感情而坚持信仰，我觉得这是十分崇高的。尤其看到为了不暴露革命而咬去舌头，真感动极了。看起来好像每个人都可以做到，其实不是那么容易的。

王建民今天从北京回来了，听了他所说的一些院里的事情，我也挺有感触的。我们是长大了，再也不像在中学或小学那样了，而且院子里的孩子们也长大了。听到有那么多的人拉提琴，真使我高兴。我是希望那些孩子们琴越拉越好，如果他们懂得人生是多难的，就应该刻苦。

对于今后的练声，我要有一个计划，努力改正我现在所发现的毛病，掌握好呼吸，把低音练得越扎实越好。

腰疼越来越引起我的重视了，不知怎么搞的，这可不是闹着玩的，以后一定注意。

11 月 30 日/排练

妈妈把棉裤寄来了，看到棉裤我的心实在难受极了。每一针都浸着母亲的慈爱呀！姐姐也说了，妈妈是赶着做出来的，而且怕我冻坏了，还用的是纯棉，我真不知道应该怎样感谢妈妈了。

搬过来已经有两天的时间了，看来还是比较习惯的，虽然刚开始使我不高兴。人多可真不是一个好事，练功不管怎么样都受到了影响。我应该怎么样克服这些呢？无论如何是不能放松自己。注重科学，注重基础。

现在每天写的日记好像都离不开练声，这是好事，但写得不如以前那么有内容了，主要是看书越来越少了。这几天根本没看过什么书，有时连报纸都很少看了，这也不行。不知为什么，我随时警惕着顾此失彼，但还是不行。

我不希望我的日记在中途夭折，但没内容的字还真不如夭折呢！我必须警惕这些。

12 月 1 日/排练/休息

我本想详细地把今天和东升去托运的情节都写出来，但时间不够用，我便打消了这念头。

今天的这两件事使我有了这么一种信心：无论事情到多么危难的地步，都要坚持使用一切可用的手段，不到万不得已的时候，绝不能灰心。东升去托运的时候，由于清单上写了错字，所以不给托运了，当时他已准备放弃了。但我又买了一张单子，重新填了，便顺利托运了。我在取姐姐的托运时也是这样，第一次取时他随便一查便说没有，我给他分析了一下，真没想到竟查到了。这两件本来都办不成的事，由于我的不死心竟成功了。这事也使我想起了去年的回家，由于对上火车没有失去信心，经过不懈的努力最后终于上去了。总之事情往往是这样的，不付出代价的成功是少有的。我应该从这些小事上也看到，要做什么事情就要有信心把它做成功，困难是会经常碰到的，但应该努力去克服它，而不是被它屈服，也就是要有百折不挠的精神。

晚上到供应连去了一趟，他们的好学精神真的感动了我。每个人都有一个小台灯，我虽然仅仅去过两次，但都看到他们坐在床边上，不是写毛笔字就是学英语，而且时间抓得很紧。我看到了他们的环境也并不好，这些对我来说是应该学习的榜样。对于今后的练声和学习应该抓紧了，不论怎样，我不愿意落在别人的后边。

12月2日/休息

休息了一天，就这样很快地过去了。这些天我很少注意日历，当今天看到已经是12月的时候，心中一惊，日月如梭啊，眼看着一年就要过去了。就这么一年一年的，我已经在这儿过五个年头了。这五年就像一只船在漫无边际的大海航行一样，漂荡、渺茫，始终不知自己的归宿。这船努力在冲出旋涡，但终是没有冲出去。我想如果不达到目的，是不会死心的，哪怕见到了黄河，而且被它所淹没，也不会死心。

计划很重要，每天过后都应该有意义、有收获。今天，并没有按照自己的心愿过。练声是有收获的，而时间也够了。练琴缺少战胜困难的勇气。滑冰收获还不小，可以转着跑几圈了。这使我很高兴。但在生活中我是越来越不注意了，衣服堆在那儿一直没洗，这可不行，明天争取把它洗出来。

在学习上永远向前，在政治生活中以后也要注意，争取早日加入团组织。

12月3日/练功

一年一度的年终总评又到了。我是这么想的，就是不搞这运动，我也要认真总结一下这一年的教训和经验。我现在也不愿意那么糊涂地混日子了。岁数在一天一天地增长，然而收获却始终很少，这不能再不引起警惕了。一个聪明人，真正的聪明人，是应该把时光看得比什么都重要的。我这样想，在今后的日记过程中都要好好问问自己，这一天是否过得有意义、有收获，而绝不能再因为虚度时光而感到后悔。

宿舍里很乱，打牌的、练功的、看书的，总之因为人多吧，总没有安静的时候。我还应该像原来的日记中所提到的那样，不放松对自己的要求，团结好同志，永远前进，而不是后退。

这两天我正在施行一天一个小时的练声计划。我现在担心的是嗓子可能不行，我应该用少的时间取得大的效果，每练一声都应该有目的、有感想，绝对防止瞎唱。还是那句话，加强科学性。

12 月 4 日/练功/总评

我觉得我有很多时候想事情想得都是特别简单的。乐观地去想一些难以实现的事情，这虽然对战胜它是有益处的，但对于那些没把握的事情一旦失败了，那真是多么突然多么沉重的打击啊。我觉得我应该在许多事情上想得现实一些，多想想它的困难。但这并不等于惧怕它，失去战胜它的信心。考虑到了困难就可以想出战胜它的办法，从而取得胜利。

明年春节请假回家也许有困难了，但我是有决心准备回去的。总之许多事情都不是那么简单的，我得考虑各方面。

练声还在坚持，主要是科学性，不能着急，基本功是最要紧的东西。

12 月 5 日、6 日、7 日/练功/总评

5 号、6 号借到两本声乐的书，一本是林俊卿的，一本是苏敢的，书是挺深的，再也不像看汤雪耕那本那么容易了。书给了我力量，但也给了我一些消极的东西。林大夫把歌唱说得太深奥了，使得我几乎失去了取胜的信心。但不管怎么说我还是应该相信科学的，我现在的情况应该怎么理解这些呢？我想我可以把他的呼吸多看看，理解透了，再学学咽音和一些无损于声带的练习。现在我觉得声带不坏、唱法毛病不大就是我暂时的胜利，没有老师真没招啊。

老赵 6 号回来了，晚上去接了他一趟，以致没有写成日记。我以后每天都要抓紧时间，学音乐，有时间把有益的东西都抄下来，五线谱一定接着学。

明天有三个同志回家了，关于她们我本想写点感想，但一想算了。

一晚上，我总想起上一次回家的情形，我常后悔，那一次的机会对我来说太可惜了，从这些我又常想起这次回家该怎么办。别的不说吧，这次无论如何要使出一切力气来，说实在的，完全要靠自己。

12 月 8 日/练功

一天的时间都用在抄声乐练习曲上了，简直是一点也没闲着。尤其是下午，抄得我头都疼了，直到完全看不见了才罢手。

这几个声乐曲我觉得还是有用的，明天再奋斗一天估计差不多就能抄完了。

今天收到了郑超的来信，他告诉我文欣上乐团了，赵元元去五七艺校了，使我有了很大的波动，说真的，一下午我的心都没有平静过。我们是一起长大的，然而，真应了大哥的一句话，有些人成了英雄，有些人却成了狗熊。不管怎样，我不甘做低人一等的人。也许我这想法不对，但我就是不甘心啊。

郑超是从小和我一起长大的。说实在的，我希望我们能长久地相处，我喜欢他的朴实和仗义。想起小时候一起共处的事来，真不知心里是什么滋味。如果可能的话，这次回家给他带一些东西回去。对这样的朋友，永远要真诚。

有很多话想说，但我太难受了，几乎每天都有这种时候。想起一些东西来就不痛快。

12 月 9 日/排练

也许这次入团不会有我了。一句话，我难受极了，但又有什么办法呢？我想这事不能急，其实着急也没有用，我应该好好地总结自己一下，为什么有时想得很正确，但不能接着去做呢？咳，一切都是那么不顺利。

昨天，有了北京的消息，又是给我一闷棍，打得我说不出一句话来。勇气几乎完全消失了。每天都有不高兴的事来折磨我，真使我都无力呻吟了。在这以前我对前景有着很多的憧憬，但它只在几夜中就消失了，多快啊，瞬息万变。

我能不能每天早上起来，比隔夜更有勇气？我一定坚持，记住原来的话，即使到了黄河我也不死心。

12 月 10 日／排练

看来消息是确定了，对于知识青年的问题看来是果有其事了。这一条使人都说不出话来，看来很多问题是不那么容易的。今年我想也许很快就要完结了，"一切"都完结了。既然过去就让它过去吧，我是永远不会甘心的。去年的机会失去得太叫人后悔了，我永远后悔去年。

今天，我想了许多有关青年人应该怎样生活的事，有了几条想法。年轻时不努力奋斗，到老了会后悔的，原来我在奋斗这方面存在着许多盲目的东西，有时的奋斗是不自觉的。现在我觉得我已比较深刻地理解了"奋斗"，而且在自觉地执行着它。看来今年我是不会获得特别大的成就了。在政治上也许不能达到加入团组织的目的，这给我的打击确实不小。但我会忍下那极深的悲伤而继续努力。奋斗，我一定抓紧每一分每一秒而奋斗，只能是前进而不能放松。

在业务方面，我取得了一定的进展。一年的时间，我几乎没有间断过自己的练声，虽然其中有高潮有低潮，我觉得我在意识方面已经有了很多自己的东西了。在基本功方面一定还要加强，中声区、呼吸，从主观上努力地避免毛病。也许今年我不会有什么效果，但我不灰心，永远不灰心，坚持下去，注重科学。

今天，练声有四十多分钟，有些稳重的体会，我觉得我的声音变得比原来厚了一些。嗓子情况良好。

12 月 11 日/排练

我现在有这么一种体会，嗓子的好坏有时直接影响我一天的情绪。现在我想这些的确是越来越多了，是不是冲淡了我在政治上的进步呢？我想是有的。以后是不是应该注意呢？到现在我还没有一个自觉的想法。不过不管怎么样，在下段时间我要注意自己了。

伊今天不高兴了，也许是病了，也许有什么其他的事，我不知道。但我想起了近些天我不理解人的心情，这是我今天突然想到的。有很多时候我埋怨没有人理解我，其实有多少是我不理解人啊，我应该怎么办呢？我应该唱起我心中深处的声音……

我今天的行动是戏剧性的，不知道是什么驱使我去这样做，虽然脸上表情一般，但是心里是有所安慰的。

很多天来我再也没有过原来的那种心情，也许是冬天到了的缘故吧。

12 月 12 日、 13 日

12 日，我要永远记住这个日子。在这一天，我的感受太多了，我曾对人说过我的心都碎了，难受啊！从中午到晚上我就没有得到过一点安慰，其实这在我早就有所准备了，可是当我知道的时候还是从来没有过的难受。

从仓库回来，我就觉得脑袋昏沉沉的，我想我的目光是看什么都是呆板的。我恨啊，我恨我没有按照原来写的搬家计划那样去做。这十几天使得我彻底完了，多日之功毁于一旦。悔啊，悔！后悔得我直咬牙，我恨我自己，我也恨那些不帮助我的人。

12月14日/师部演出

早上，寒冷一直在追袭着我，直到现在都没有感到过热，这房子简直太冷了。今天晚上看来要吃苦了。

路上比较顺利，下午睡了觉。夜里的演出还是比较理想的，但这些不知道为什么都使我感到一般，真正的一般。

我从各个方面可以看到——这些也许不是我的主观想法了——在困难的时候我最需要的是安慰，真心的安慰。我会在这方面体贴遇到危难的人，真心地对每个同志。我以我血荐轩辕。

12月15日、16日/休息

"何处是归程，长亭更短亭。"

"古道西风瘦马。"

"枯藤老树昏鸦。"

我有信心，从危难中走出来。情景使得我的心一拉一拉地疼，一切是那么难。

"空庭飞着流萤，高台走着狸貓，梆儿敲着三更，人儿伴着孤灯。"

冬天，外边寒风凛冽，但我的心更冷，冷得我直打战。我在这一生中，很少体会到伤心，然而伤心事却永远没有离开过我。

什么时候才能实现我的愿望？现在我一定要努力。只有自己奋斗，才能得到真正的胜利。我也不指望哪一个人，永远不指望，我有志气、有决心，在未来的几个月中，把我完全暴露给大家。我永远认为我是一个好人，好人！

"雄关漫道真如铁，而今迈步从头越。从头越，苍山如海，残阳如血！"

12月17日/休息

上午全排进行了这一季度的评奖，班里的同志们给我评了一等奖，我感到惭愧。同志们还是看到了我的进步的。我想还是这样，在边疆一天就干好一天，绝不松劲。

今天接到了爸爸、哥哥和张文欣的信。消息使我又遇到了一次机会，但怎么办呢？没办法，我只有放手失去这次机会，没办法啊！我应该想一想了，会演完了之后必须马上请假回家去，这看来是不能迟疑了。

家里来信说哥哥填写了入党志愿书，妹妹填写了入团志愿书，这使我感到很惭愧，现在真是连妹妹都不如了。我一定努力。

晚上去卸了次沙子，热坏了。

12月18日/休息

上午去了趟医院，准备检查一下腰。真给我气坏了！大夫一点也没有同情患者的感情，干脆欺骗一阵，轰走了事。看来病只有回家去治了。

这两天一直在休息嗓子，今天感觉是十分痛快的。我想在以后的练声日子里，不应该每天练得过多。一句话，保住"本钱"是主要的问题。

12 月 19 日/排练

去兵团会演的日期现在看来还有一个多月，这一个多月我应该好好地利用它。不见得每一个节目都有我，所以我应当好好地利用这一个多月的时间，让它有成效、有收获。

说心里话，现在想极了回家。其实不单单是为了那个，还有就是回来已经有一年的时间了，按理来说也应该回去了。今年的春节，家里可能不会像去年那样热闹了。没有不散的聚会，这也是自然的规律。

以后我准备每天都把练声的情况写下来，同时还检查自己在政治上的上进心。这两件事在以后的日记中是必定要写的。

今天练声加起来有半个多小时，成绩一般。今天感觉嗓子特别痛快，尤其是几个发"衣"的高音，明亮、响。但是今天我有一个体会，就是感到我在唱中声区时使不上劲。我利用了林大夫的"用说话的气息"，好像有所成效。以后要记住低音用叹气的气息，中声用说话的气息，高音用大声喊人的气息。从明天起在练习曲中找几条合适的做练习。要有程序。

12 月 20 日/练功

早上的练功对我来说是一块心病。每天我真不愿意组织练声，但不愿意也要组织，这是我唯一的任务，我不应该推托。在这以前我也曾受过许多挫折，有的时候真气坏我了。但没办法，在今后我还要努力做好这份工作。

一天练了二十分钟声，嗓子感觉良好，不过以后尽量避免下棋、打扑克，因为这些对嗓子都有影响，每天以静为主。今天唱得挺痛快，我觉得很轻松，高音还是很漂亮的。我还是主要探求中声区和低声区的唱法。以后每天唱一遍歌曲，多了不唱。

抄了很多的声乐书，从明天起还要坚持，这不能放松，过一段时间要还给别人了。

12 月 21 日/练功

早上练功又使我不高兴，我想他可能是生气了，肯定是生气了。不过我也特别生气。为什么呢？我不理解为什么不能照顾人的情绪。这次确实是我给造成的，主要是昨天的那件事，不过除了这我还想到了会上的态度，为什么？如果换作我会怎么样呢？我不能想象。一切都是不言而喻。多难！

勤奋可以给人带来成效吗？忠诚可以使人得到报酬吗？我今天的练功时间有二十五分钟，不知为什么唱颤音使我感到很痛快。我唱了很长时间，一点也没有觉得累，还想唱，但我抑制了自己。高音使我听起来很是高兴，有明亮的感觉。不过我今天觉得我这个母音唱得并不太好，以后加强多练。

还有就是上边那件事，我不能让它发展下去。其实也没什么，我不要太小气了，谁让我……等待明天吧，解铃还须系铃人。

家能不能回呢？现在看来难说，我应该从现在就着手准备。请假的条件一定要充分，否则不会同意的。说真的，这几天天天想家，晚上梦也一个接着一个。其实说来也可笑，来边疆都有五个年头了，也是个大人了。咳！母亲在人们的心目中是最崇高的，我永远想念母亲。

12 月 22 日、 23 日/练功

22 日抄了有三个多小时的书，终于把呼吸部分全部抄完了。晚上也没有电，就那么点着蜡烛写完了。虽然那屋里并不暖和，但我也没觉得冷。在以后没事的日子里还要继续把它抄完。这些天过得总起来说还是很平淡的，除了练声就是抄书，内容很少。

今天是星期天。上午完全用在刷厕所上了，下午团支部召开大会，我也到席参加了。我决心还是继续努力进步，争取早日加入组织。

这几天的思绪经常飞回家去，这也是很自然的。因为马上就到元旦了，这时候是最能引起人思乡的时刻。家里现在也许已回去不少的人了，三哥可能已经到了，我是不能回去了。回来有一年了，但是觉得那么长，上次回家的印象还是很深的，经常在我脑子里出现。

这几天练声很适度，每天没有超过二十五分钟，嗓子感觉也是挺舒服的，不过就是不知还充不充血了，也许还充吧。今天只练了呼吸，没有练声，休息了一天。明天练上四十分钟吧。

从明天起每天练好几个基本练习，以后还是多练中声区，少碰高音。

12 月 24 日、25 日/排练

24 日下午去拉了三车煤，腰就不行了，疼了我一晚上，连日记都懒得写了。这两天是怎么了，我总是觉得心里没有底似的，干什么事都没有多大的成效。

尤其是"关系"问题越来越平淡了，这是为什么呢？我总是想把局面挽救回来，但真不知道怎么着手，想得到的事，不见得都可以做到的，不过我应该尽力。

25 日想休息嗓子，所以一整天没有唱，练了一个小曲子《田野的黄昏》。音乐是最能感染人的，有一年没练过提琴了，今天拉起来觉得特别有意思。虽然三个人的水平不齐，但合起来还是挺好听的。

1973 年眼看就要过去了，我应该努力总结一下我的今年，做出明年的计划，绝不能糊涂乱混。

这两天有两次不注意嗓子，乱说乱喊，以致 25 日这一天没有练声，以后一定注意。永远克制自己，不多说，不大喊，时刻抑制自己。24 日练声有半个多小时，感觉可以，为什么我有时练声很自然、痛快，而唱歌不行呢？我应该对于每一个歌都研究怎样沉着、自然。

12 月 26 日/排练

今天，我第一次看知识青年结婚。我小时也看过几次结婚，印象也是很深的，但从来没有像今天这样的婚礼，一句话，太俗气了。我看着心里有另一种滋味，尤其是那些与会者，那也是快乐吗？我不由自主地对这种典礼产生厌恶和恐惧的心理。我再也不想看这种东西了，永远不想看。

平庸在笼罩着我，每天总是不能令我满意。人应该怎么活着？尤其是青年人。我总是大喊奋斗，但从来没有……奋斗，这多么不容易啊。转眼之间一年又过去了，时光并没有给我多少东西，我还是我，这"我"让我说出来多么微弱啊，咳！"问君能有几多愁，恰似一江春水向东流。"1973年啊过去了，带着我，赤条条的我。

今天练声有半个多钟头，并没有什么好的感觉，只不过是今天练了一长段时间没感到疲劳，中声区太差，"说话的气息"，多练。从明天开始加练《五指山》，再挑选个歌。

12月27日/排练

今天可不像以往，我是一点东西也没有抄，嗓子的好坏有时会直接影响我的情绪。上午在练声时我有所感觉的就是低声区有些发散，没有集中的声音。这些都像是管乐器一样，需要有一个共鸣点。这点很重要。为什么高音会唱得比较好呢？这也许和生理条件是有关系的，我不像他们那样健壮，以后对这也要加强练习。今天不论是程序还是效果，是这几天最不理想的一次。

不知怎么办。

明天也许三团的同志要来学习了，我一定要谦虚，这些是很重要的，向别人也要好好学习，不能认为只有自己行。

对于这次去佳木斯会演我应该挑选什么样的歌呢？到底怎么办我现在心里还没有谱，如果别的找不到，就一定把《五指山》练好。

12 月 28 日/排练

今天，心情不好，晚上还发烧了，什么也写不下去了。明天再说。

12 月 29 日/排练

昨天晚上发烧了，很晚才睡着，给我烦坏了。这一阵子可真没得过什么病，不过我感觉是身体越来越不行了。咳，咋整的。

今天高兴地接到了小铃的信，还看到了唐渡的一封信，两封信都使我有很多的想法。小铃是一个多月没有来信了，把我急坏了，我老想再给他去封信，可是一直也没写。我和小铃的感情还是很深的，他准备春节给我寄些食物来。咳，何必呢。虽然在这龙山宝地食品不好，但也不至于太费心了。

看了唐渡的信，使我又勾起了前些天的怨恨，咳，心都碎了，只想哭……

12 月 30 日、 31 日/排练

最后的一刻马上就要过去了。这一年经过了多少事啊，这些事我一想起来就伤心。我在这以前就这么想过，这一年太曲折了，也许是迷信的缘故吧。我幻想在明年能有一个新的面貌，命运，会使我幸福吗？（太平淡，我不愿意这样写下去！）

新年的钟声敲响了，过去的一年随着那秒针轻快的一跳而完全过去了，我也随着它走入了新的一年，1974年。

此刻，我的心里被许多感情交织着。我回顾以往的一年，感到了我的不幸运；但我又憧憬着新的一年，我想到我又长了一岁，我有在新的一年中努力奋斗的想法。不过我应该永远记住，奋斗的信念要永远不灭，即使我在命运的脚下碰得头破血流，也永不甘心。

新年，爆竹一声辞旧岁……

元旦，在中国的民俗意义上来说是不十分重视的。在人们的心中这不是一个大佳节。我对儿时的新年印象也不深，所以有心在今天这个时候挖掘一些回忆，但总是挖不出来，罢了吧。

我想在今后的日子里，作一首自己独唱的歌曲。在这之前我觉得不是十分难的，可今天一着手就感到了并不那么容易。但我一定要建立起信心来，把它写出来，哪怕极不像样。

今天读完了《傀儡》，觉得还是不错的，但不免感到其中有些俗气。

日月·1974

元旦

元旦就在我的忙碌之中过去了。如果光想是为了吃而过节，那是牲口。但，有什么办法呢？精神上的东西总是少一点，想听节目吧，还不能如愿以偿，在这龙山宝地也只有这些了。

我在日记上写了一千九百七十四年，新的一年。我发现人从出生到老可能对年会有许多种心情。我记得小时候，是希望自己快快地长大的。像哥哥们一样，有一定的知识，有很多可去说的地方，而且在家庭中也有一些权利。那时多么羡慕一个青年。可是到了现在，我真怕长大一岁，尤其是接触到唱歌之后。岁数给了我无形的压力，有很多时候，我曾幻想我要是比现在再小几岁多好。说出来多幼稚啊。

我应该看到，岁数并不是命运的关键，主要的还是看自己。

1 月 2 日/休息

新年休息的两天，就这样过去了。明天起我首先要做的是：

第一，练声恢复；第二，作那首歌。新的一年来到了，我一定要在新的一年中，做一个新人，各个方面都要严格要求自己，振奋起来，把不利看成是对自己的考验。要想到困难是会随时随地出来的，我相信每一个人在达到他理想的彼岸的时候，都是经过和无数的困难斗争的，没有一帆风顺的。只有懦夫在困难面前才低头妥协。我不想做懦夫。

以后在生活中，我一定要注意言行和谈吐，我能不能安安静静、平平常常地做一个人呢？以后每天晚上，没事就去图书馆。

1月3日、4日、5日/排练

又是一连串的号码。这两天时间太少了。昨天晚上还想写写独唱曲子，没想到写了半天一点眉目也没有。我现在是真正地感觉到了不容易。但还要有信心，这都是尝试，成功不成功真难说。

文欣又来信了，对我的帮助是挺大的，我真感谢他。总之接到他的信，我的波动也是挺大的。看到同辈人的前程，使我特别向往，尤其是羡慕他们的学习环境。我真和声乐结成了孽缘，有朝一日探亲回家，一定多拜几个老师，好好学学。

生活是一个哲学的大课堂，每一个人都是我的教师。我却不是个聪明的学生，尤其是比起别人来。我有很多时间不理解人情世故的重要性，一点都不理解。我曾经鄙弃这为庸俗，彻底的庸俗。但正因为没有这些庸俗，我失去了多长的一段时间啊，极关键的一段时间。

219

1 月 6 日/休息

星期天还是这么神速地过去了，无声无息。然而，我总是希望在这无声无息中寻找我的热血和生气，却不曾见。新的一年来了，我应该怎样利用这关键的一年。首先，我觉得就是不能放松对自己的要求，懒怠为万恶之源。想做成一件事，就去努力，一直到底，而不是半途而废。

曲子只作出了两句。我想还不能着急，多想，多推敲，尤其对于我这初试的学生，要的是不间断。当然，会遇到很多的困难，这是不可避免的。鲁迅曾说过，即使他是天才，但他在出生时的啼哭也绝不会是一首极好的诗。天才出于勤奋。

练声，又遇到了反复，到底什么是正确的，怎样唱更合适，我没有一个明确的认识。还是多练中声区，怎么好听、舒服怎么唱，练《二月里来》。

1 月 7 日、8 日、9 日/排练

这几天，给我最深的印象是一团的大提琴，深沉、优美，感觉真是太妙了。而且，人同样是极深的印象。听他拉的浪漫曲使我的感情得到了升华，我才更进一步地体会了美。大提琴拉到这种地步，我还是第一次听到，他拉起来的动作和感情交织起来真是一幅图画。

今天晚上又听到了，五团的小提琴又是一个感触。小提琴和大提琴有所不同，明亮轻快，给人的印象也很深。

我的年岁太大了，练东西已经来不及了，不过我还是有信心把手风琴学会，练声还是重点。

这几天一直在唱《二月里来》。我有一个感受，现在唱歌一点也不愿意唱高音了，我想唱 A 调而不愿唱 B 调。原来是从不愿唱低音的。我不知道这是不是倒退，不过我想是进步吧？明天练点高音吧，在正确的基础下。

1 月 10 日/排练

曲子的梗概终于出来了，但是很不成功，不能令人满意，好好地把它改一下，如果不成就放弃它。

文欣今天又来一封信，我千方百计地想办法把黄豆给他搞到。这是我今后的一大任务，不能忘记。

手风琴这几天一直在练，能不能持久下去呢？这倒是个问题，我想我应该在这以后努力把手风琴学会。

马平今天来了，我有很久没有见过他了。我是挺喜欢他的，几年没见，他现在是进步多了，谈吐也可以看出来。看到他总使我想起很多以前的事。

给唐渡的信要抓紧时间写。

今天练声，时间挺长，二十分钟没有感到疲劳，这使我挺高兴的。高音倒是能唱得比较好，但不能放松，总是没中声区那么自如。

1 月 11 日、 12 日/排练

这两天是在紧张中度过的，现在的排练已经到了高潮。这次

221

我上台的节目特别少，主要的还是伴奏，其次可能有一个小合唱，有两个通唱就完了。我想我应该在这次排练中认真练习，不能像以前那么马马虎虎了。

大提琴的身世据说是挺坎坷的，这使我更增加了对他的同情心（也许我这么说不对）。不过他给我的印象是十分深的，我觉得他是一个极好的人，为什么不得志呢？

这几天，每夜都在想家，想得厉害，去年我在家的情景又在我脑中浮现：刚到家的印象还有春节的团聚，使我想起来不觉嘴角浮出幸福的微笑。家，对我来说，永远是崇高的。

今天，意外地唐爱松晚上又来了。他给我讲了《简·爱》这本书，真太棒了，讲得我心都醉了，想不到会有这样的好书，情节简直太感人了。

1 月 17 日

疾病摧残了我五天，我连写日记的力量都没有了。这些天有很多话想说，但是等以后吧。

今天，唐包子来了，他给我讲的故事（《悲惨世界》）使我兴奋，不得不使我在这屋写日记。我要把它记下来。

1 月 18 日/北安电厂演出

早上坐着火车到了北安，又是去年的电厂，总之情景是差不多的。年复一年总是这样。

今天病才刚刚好一点，但是独唱还是要上的。我以后千万注意不要得病，病对我太不利了，五天没有一天的心情是高兴的。尤其是当我看完彼埃兰德之后，更不高兴了，彼埃兰德的命运为什么那么悲惨，这不得不使人同情。巴尔扎克的笔触像剑一样刺着人的心。

下午四点钟开始演出。

1月19日/北安兵团一院演出

不知为什么这一天是这么过来的——充满了那一阵的东西又从我的心中唤了出来。多少时候没有出来了，也许是半路又杀出了程咬金的缘故。咳！我想是太早了吧？怎么办呢，一切都是不言而喻。

1月20日/北安县革委会演出

多想回去呀！说心里话，我再也不爱演出了。虽然这三天独唱都返了场，但这一丝也减少不了我内心的郁闷。这么一天一天地在东奔西跑中度过，使人的身体疲倦到无以复加的地步，而更主要的是精神上的痛苦，这是什么也不能比拟的。有的人只是为了吃好的而来，我觉得那是牲口的想法，太庸俗了，我却情愿每天喝菜汤而在家里待着。

我真担心我的嗓子会不会越来越完了，这些也许是可能的，虽然返场，但我觉得那是勉强的。首先，我自己就认为唱得太不好了，不是差一点而是差太多了。有时我一想到这些简直烦透了。

明天再坚持一场算了。

1 月 21 日/北安县庆华工具厂演出

这几天我发觉了我都沉浸在"罗曼"之中，每当我一闭上眼睛，总是。我曾很多次想到幸福，但我又想到了相反，我在很多时候是怕我的感情的，我真怕有一日……

晚上的演出使我挺高兴，不知为什么我认为这是三天来我唱得最好的一次，但就是这一次没有返场，多么想返啊。我很高兴，有很多时候，我想我是正在学习之中，我不应该力求好评，而是应该沿着正规的道路，循序渐进。着急是绝不应该的。

晚上坐车回来。

1 月 22 日、 23 日/腊月三十/正月初一

我现在时时检查自己的人生观，时时检查我这一段的工作和学习。这使得我突然感受到了一点，我一天比一天颓废了，我很难看到前边的路。当然这是每一个青年的实际问题，是普遍的。原来我也有过这些想法。但我现在有这么一种感觉，我一步步地越走越近了。我看着前边，当然是怕，怕使我想到了许多，多少不愉快的事情将袭击我啊。我原来以为我很坚强，我自己受到许多沉重的打击，那些像重锤一样的打击都没有击倒过我，但是我感受到了，这一天一天的忧郁消磨了我，推倒了我。我每天真是很难有一点心中的欢乐。据人说，人的变老是在那一瞬的，我现在有点信这个了。短短的时光，给我的额头刻上了深深的皱纹，

还有胡子，多么陌生。

在今后的日子里我应该怎么办呢？总之不能再这样下去了。我抛弃一切不正确的想法，振作起我的精神，以后的日子还长，该怎么办我要有个方向，奋勇向前，永不回头。

1月24日、25日/排练

这两天果真是累坏了，自从开练小舞剧以来，就再也不能休息了。提琴这玩意儿真不好摆弄，累得我两肩直发酸。

春节只休息了一天，其实也没有什么可休息，龙山宝地，只有工作、干活是乐趣，成天待着的人，我想他是待不下去的。这春节给我的印象一点都不深，平淡极了，那天几乎是在梦乡之中度过来的。

两天的忙乱使我没有能静下来想一想家。今天晚上他们都去看电影，我对着这雪亮的灯，自然而然地便想起了家。父母、兄妹，此时真不知他们是不是也在想我。我想不会吧，难受的时候，经常想起高兴的时候，而高兴的时候是绝不愿想起痛苦的。

这两天经常梦见妈妈，妈妈的身体不知怎么样了，真使人担心啊。我盼着家里快来信。

2月5日/紧张的排练

时光整整地过去了十天，十天我在日记本上一个字也没有留下来，这十天几乎没有一天的晚上是在自己的支配下度过的。拉提琴拉得我每天脖子直疼。有一段时间我的心情真不好，主要是喉结右下方总疼，根本不能唱歌。嗓子的好坏直接影响着我的情绪，没有一天是心情愉快地度过来的。这两天嗓子才慢慢见好，但我又为去兵团而忧虑重重。说心里话我是没把握的，我现在不像以前了，我总是意识到自己不行了。音量不行这是主要的，但我有漂亮的高音，这在很多人来说是不完全具备的。我努力发高音，这几天加紧练习，一丝也不能放松。

昨天唐包子给我讲了《一朵小红花》《春潮》（屠格涅夫）、《德伯家的苔丝》。我认为《春潮》最棒，我把它记下来。

主人公：塞宁，俄国人，破落贵族子弟。

吉玛，漂亮的意大利姑娘。

马尔托罗，市侩。

希尔玛、弟弟、老仆人、妈妈、胖子、

贵妇。

在一个晴朗的日子里，塞宁来到了意大利大都市。介绍穿着、风度、家世，和准备逗留的时间。他到一个大旅社住下，第二天去意大利的小市场去，进了吉玛的店发现没人，高高的柜台，突然一女郎奔出呼救。进去一看，一个小男孩将死，塞宁用了急救的办法，小男孩醒来，女郎对他很感激。他发现女郎的美丽。他回旅馆之后，发现自己陷入情网，第二天不由自主地又去了，看到情敌，发现他是一个市侩。市侩提出春游，大家邀请了他。到了那天，他用他的谈吐使得吉玛对他充满好

226

感。塞宁留下来，准备决斗，一天的春游就这么不欢而散。塞宁回到家之后心情非常矛盾。第二天早上，两辆马车同时到决斗地点，决斗开始，正准备开枪，突然中尉奔了过来，说出了心中的矛盾，塞宁正好也不想决斗。到了吉玛家，塞宁发现自己应该离开这儿，否则，他将受着"爱"的煎熬。这时突然接到家里电报，父亲死了，他决定回去。到吉玛家去告别时，吉玛的妈妈迎接了他，她想让女儿嫁给市侩，她又觉得塞宁是一个好人，塞宁说出了他的决定。从吉玛家出来之后，他徘徊在这条街上，到了傍晚，突然街对面吉玛推开了窗户叫着他，给了他那枝玫瑰花。第二天，市侩也去了，退婚。塞宁很高兴，决定回家去办理后事。不幸路遇贵妇人的勾引，上当。卑鄙显露，最后尾声。

2月9日/休息

再过两天，就要去佳木斯参加兵团会演了，这次会演对我来说真有点负担。总之"各路英雄"都去，嘴里说没有比的意思，可心里真不这么想。是凶是吉还难说。

这几天有点过于沉浸于"十八世纪"了。这些应该放弃一些，太多了不好。加紧练好那两个歌，到了兵团就来不及了。

2月11日/火车上

煎熬，什么是煎熬，我真正地理解了它。东北的火车和车

227

站，没有一个给我留下好一点的印象，脏、乱。此时的车窗外边又是那么枯燥，单一色的雪地，使人看了更觉得身上发冷。时而闪过的只是那一根根电线杆。在东北我最爱白桦。但是很久以来我用我那充满感情的眼睛搜寻着，从未看到过。白桦在中原是不常见的。

白　桦

河套的灌木丛中，经常闪出一棵两棵白桦树。树的表皮是一层一层的缟素薄绢缠裹着它。但好似上帝跟它作怪一样，薄绢经常有绽开的裂纹，露出了白桦的本来面目，黑色的皮肤。我喜欢白桦，尤其是雪原上孤独的白桦，它昂首于一切灌木之上，俯视着整个大地，寒冷的狂风只能摇动它的枝杈而绝撼不动它的根基。瘦长的躯干，笔直地挺着，一生中绝没有什么弯曲。啊，白桦！砍柴的人看到你，他没有勇气把你放倒，所以灾难只能降于你身旁的树丛。也许你有一天会被工人伐去，放置在大楼的梁柱之间，依然是笔直笔直的，一点也不弯曲。

这些天来为什么回家的信念总是纠缠着我，使得我一点也进入不了会演的感情。从现在起，我应该抑制自己，踏踏实实地做一个约翰，而不是菲利浦。

抑制自己的感情，不让它发展。

疏远一切人，但又亲近一切人，在这种微妙的情况中度过我这青春。（写到这里想哭。）

2 月 12—25 日

火车上的心情，在晚上便变了，和以上写的完全不一样了。不知道为什么，苦难和幸福总相继而来。晚上使我多高兴啊，真诚使得我兴奋，火车上的疲乏完全消失了。我这么想：当一件东西唾手可得的时候（我十分想得到它），我应该怎么办呢？伸手吧。但我知道它来得太早了，我就像塞宁在照镜子那样发现了自己。我抑制了我的感情近八年。我经常这样，人家都说感情像一匹野马，是很难驯服的，我却觉得我的感情是被我驯服的野马，它听我的话。我这么认为，一个人感情丰富并不是坏事，但不能掌握感情、运用感情而被感情所牵制那便不是一件好事了。不知道这种关系会给我带来什么坏处。这真是没法预料。

会演结束了，对我来说还是十分成功的。我想，想学东西的人什么时候都可以学到东西，就看你用不用心了。总的来说，会演有很多的事情使我高兴，但那只是内心的。我更应该的是加强学习，争取掌握声乐。为什么不可以呢？

从佳木斯来到了哈尔滨，时间一天一天地过去了。我现在越来越发现我变了，变得多厉害啊。我不爱说了，也不爱笑了；不爱玩了，更不爱乐了。有时我想到这些就害怕，这到底是怎么搞的？现在我最喜欢一个人待着，我愿意安静，而当只有我一个人的时候，脑子里就总是出现一个一个的想法，永远不停，都不是高兴的事。我愿意我变成这样。今后怎么办我还没想，我会有办法。不过我相信，我永远也不会那样无忧无虑的了。

7月11日/夜

快有半年了，没有翻看我这日记，更没有写过。昨天，我的心一直不平静，特别想写点什么，但没有写。多少事啊！我感到心中鼓起了大浪，根本就无法使它平静下去。不知为什么下了汽车之后就总发呆，我都感觉到了，什么都不想干。

多难啊，多难的一年。一切都在危难中度过，一切都袭来了。我真是万顷海浪中的一叶小舟，难以自持了。

神圣啊！神圣的——这些都在倾吐之中闪现了它的光辉。有一句话不知为什么我几乎流出了眼泪，我恨我自己，其实不能怪我，但我——我以后一定要像列文一样地忠实吉提，即使是在安娜·卡列尼娜面前。回想起来不知为什么那么自然，没有一点做作，这是我想象不到的，我觉得很伟大，我将永远记住那一时刻。

"我不相信你，你做每一件事都是有目的的。""我如果不离开二龙山，永远不是坏人。""即使这样我希望你能离开这儿。""你高兴的时候我特难受。""我怕你骗我。"

我永远记住这些，永远！由于很多关系，我不能形容我现在的心情，我将忏悔我在哈尔滨和回来的火车上所办的错事，永远忏悔。

在一切怀疑之中，下定了决心来问我，但——恨啊！我能想到，气坏了。我却一直没有——我永远不原谅我这件事。

不知为什么今天写得这么不彻底。主要是……咳，自己懂了就行。

7 月 16 日/夜

进兴明天要走了，可爱的人，遭到过大难，但也获得了大幸，我原这么想过，有没有大难到底的人呢？……

前天去唐渡那儿，看了他的日记并有一个小时的接触，我总觉得他的生活特别有意义，充满着火一般的东西，摸一下特别烫人。这在我身上近年来却极少见了，我想唤起我对学习和工作的热情。

7 月 18 日

历时两个来月的演出到明天就会结束了，也许生活会恢复平静，也许不会。我应该怎么办？这是我当前的最大任务，仔细想想，订出计划来。既订出了就一定按着去做，只有永远对工作和学习不疲倦的人才永远有青春。

第一点，唤起要求上进的决心，不能松劲，写完演出总结，争取早日加入共青团。一定要像去年秋天一样。

第二点，科学地练声。我现在信心不足，一是想，离去是不那么容易的。再者就是这两个月的演出，越发觉得声音不行了。我想，首先加强信心，绝不能妥协，排除一切羁绊，要像今年冬天一样，练咬字、发声，练两首拿手的歌。当然这在休息一个阶段之后也许八月就要进行了，这又是一个不利的条件。

第三点，做到自己所想的那样，虽然感情有时是难以驯服的，但我一定把它控制住。

7 月 20 日/夜

我应该时时检查自己，是往这边迈一步还是往那边迈一步，在摇摆中寻找平衡。每天有多少事在等着我啊，但我确实没有抓紧时间，不能再这么混了，否则实践将证明我是一个没志气的人。不能在表面上争强，而应具有内秀，培养心里的东西。我要这样每天晚上给明天订计划，第二天晚上进行检查是否做到了。

明天，第一把它写完，第二动手写总结，第三锻炼身体，做到这三点便是可以了。

7 月 21 日/夜

今天开了欢送帮忙同志的会，感受挺大。我应该学习别人对工作认真负责的态度。老王具有年轻人的火力，老由在业务上总是焕发着青春。包红是老成的，而且很有方法，这个人是有内秀。刘小红很朴实认真。小赵的事挺惨的，这对我也有打击，不知为什么信心不大了。

今天完成了一项大任务，把总结写完了，这是一个成就。身体锻炼，也基本可以。就是信没有写，这有种种原因。

明天开始：一、对于练声找一个细水长流的方案；二、给冰棍写信；三、锻炼身体。

从此不能再混日子了。

记住：淡泊以明志，宁静而致远。

7 月 22 日/夜

今天，终于演完了这一阶段的最后一场。我早就盼着快点完，进行我的练声阶段，现在看来还有困难，主要是麦收时节到了。

今天听了阿尔巴尼亚民间歌舞团的录音广播，感受很深，特别受鼓舞，我觉得他们那样才是唱歌呢。

今天完成了昨天所订的计划。

明天看书，送人，把我那事问一问。

7 月 23 日/晚

每天都能完成上一天所订的计划，我便可以满意了。

今天，听到了一件事，我觉得怎么那么没意思呢！明天有时间一定去建建他们那儿一次，已经是多日不去了。

像这样的休息不是静声，从明天开始，一定少说话，有空去把牙拔了。今天中午背了鲁迅的几首诗，记忆力显然是不如原来了。

7 月 25 日/夜

清醒吧！我看到了彼岸，然而我却在这洪流中挣扎，想去吗？太想了，我却去不了。

能不能从明天起，把精神贯注到声乐中去。每天早起，练呼吸吐字。绝不能再懒怠了。

我无言，但我胸中却像激浪一般！

日月·1975

10 月 21 日

回家已经有四天了，这并不比以往。这是真真地离开了那个地方，离开了集体，离开了世平。我不知道为什么，总是没有一丝的高兴。无论在什么时候，我一想起将来就发抖，无法控制地发抖。可将来是什么样呢？我一点也不知道。在这短短的五天，我感觉到了孤独，可怕的孤独。许多人对我抱有乐观的想法，可我却一点也不敢想。前几年的经验使我认识到了，抱有欲望是不应该的，是徒劳的。当然，我并不想失去奋斗的勇气和信心，有什么在支撑着我，有她，还有我的理想。说句心里话吧，有谁会真心地希望我成功、盼望我成功，只有她啊！我更进一步地理解了那感情的伟大和真挚。

她们家的态度使我心悸，事情并不那么简单，太乐观地想这些东西也是不对的。我要抓紧时间，有这么几项工作要做：

一、给河南写封信，研究下一步走法（如能寄去更好了）。

二、学习声乐，尽早地去碰一些单位。

三、治好头发，养好身体。

要做的事那么多，我不能浪费时间啊！

10 月 25 日

一天一天过得并不慢，能不能抓紧时间是一个关键的问题。

这些天来很多事情也在干扰着我，在这种时候能够静下心来学习点东西确实不是一件容易的事。昨天看了《三妯娌》的电影，痛苦是人人都能够遇到的，可对待痛苦的方法，并不是人人都正确。回家来了，不能耽于安逸而忘了劳苦，过一天是一天可不行。

确实，去插队了这并不是什么成功，而代表着更应该努力才对。越王勾践的精神并不是那么容易的，卧薪尝胆，十年生聚，十年教训，我能不能这样：

每天早上你起来的时候，是不是比隔夜更有勇气？

我想到将来总是有些茫然，到底会怎么样呢？离开了兵团也离开了我唯一的就业的地方，失去了经济来源。虽然如今有父母，可人不能一辈子靠父母啊。我不能把将来想得太乐观，如果需要的话，我马上就去插队，闲等并不是上策。

当然，声乐是我的理想，我想我永远不会离开它，因为我喜欢这感情的东西。它伴着我度过了一个又一个的艰苦岁月，它总是使我产生幻想，产生生活的勇气。

头发不知能不能治好，我直到今天才有些感到心慌，可是这东西也不是急的事，静静地等吧。

她一直没给我来信，我不知是怎么了，也许我的信才刚刚收到。

10 月 28 日

她一直没有来信，我不知道是丢了还是怎么了。今天，我算算总该到了，可是，盼了一天又是没有，我真着急死了，她怎么了呢？病了，还是出了什么事了？还是，我临走表现得不好，她生气了？我已经写了两封信，我忍不住还想写一封信，可为什么呢？……我明天不管能不能接到信，还要写一封。我每天总是想起她来，可是，今年看来是不能再见面了。到以后见面的时候感情会是什么样的呢？

昨天在苍老师那上了一次课，当然我知道我退步了，我会在这一个星期中赶上去的，我一定会赶上去的。

在德莱赛的《巨人》中我看到了柯帕乌的勇气和魄力，确实这不是容易做的，我想那残酷的感情我很少有，也许不会有的。

10 月 29 日

又是一天过去了，可是还没有接到来信，到底是怎么了呢？这很难说，也许是丢了，我想她应该很早就给我来信的。

一天一天过得快极了，简直都没法令人回味，我有时总是想起那将要来的插队，不知为什么它总使我打战，到底会是怎么样的呢？虽然我在兵团想过许多，可我知道那不是件容易的事，我

237

不知将来的命运会不会使我后悔。

今天，买药又给我一个启示，只要坚定信心，不怕困难，总会取得最后的胜利的。

11 月 1 日

眼看着日子一天一天地过去了，1975 年马上就要结束了，因为工作还没有着落，所以我总是心神不定的，不知这最后的两个月将给我带来什么。昨天，接到了世平的来信，果然是那样，她给我的第一封信丢了。这第二封信她写得多么有热情啊，她相信我，这是给我的最大荣誉。当然在字里行间我也看到了我的责任重大。"如今，不是你一个人的命运了，而是两个人的。"去她们家之后，我看到了，即使是有困退可能的话，也不能轮到她。我不知道应不应该写信告诉她，就是告诉她又有什么用呢？

常滨今天来找我了，听了她说的插队生活并没有什么可怕的。当然，这是那些好的方面，不知道我去会是什么样子呢。总之，一切都要重新来。我想，我不能一味地在北京拖下去，岁月不等人啊。和河南的联系应该密切起来，因为，那最有可能是我奋战的地方。到那儿以后也许会有许多不惯的地方，但我想这些都会好起来的，我勇于去实践这些。

声乐也该抓紧了，广播文工团、中央民族，都应该去看看，可我总是不抱有太大的希望，不过并不代表没有勇气啊。

11 月 6 日

又是那么多天过去了，回家眼看有三个星期了。当然，我在

238

尽量抓紧每一天的时间，可是，一切都还是进展不大。我有时怀着那样的心情，去考试吧，又不想去得这么早。它就是关系我命运的绳索，谁知道会不会断呢？不管怎么说，下星期开始投入奔波阶段，不能长此下去了，了解一切情况才是聪明人。

欲火难熬，我知道我没有那个条件想这些，一切都不允许我想这些。

大自然啊！不知你会给我什么样的命运。当然不论是什么样的命运我都——不！我不接受你给我的厄运，永远不接受，誓与厄运斗争到底！

11 月 8 日

昨天接到了世平的第二封信，她对我的头发很关心，使得我也真从心里感到害怕了，不是怕别的，而是怕她见了难受。是啊，我应该让它快快好起来，也不应该什么事情都着急，尽量去少思量，否则对病只有不利。回家这一段时间看过很多地方，正在见效，不过就是太慢了。这也没办法，运用辩证的方法，尽量让它早好。我想再写封信安慰她，不让她着急。

练声，直到今天我感觉是颇有成效的，我想这样努力练一个月不知会出现多大的成果，还是要抓紧时间，努力奋斗。

各地都去，不怕碰一切钉子。

11 月 9 日

困难在一个个地接近我，好像老天爷特意为我这样安排的一样。这确如我前一段想的那四个都不准的问题一样，每一个都不能得到彻底的解决。其实我想了，主要还是一个问题起着关键作用，如果这能得到解决的话，别的也就不成什么问题了。

今天，到陶荆家去了一次，上了有近一个小时的课。当然，我觉得没有伴奏这对我的发挥太不利了。首先，情感唱不出来；其次，是呼吸不好。陶老师看问题还是比较准的，又使我进一步体会到了下巴紧的问题。我也知道改是十分不容易的，有时候我还爱着急，觉得非得一下子练成不可，我想这也是不可能的，我应该有柯帕乌的那种必胜的信心，拨开一切荆棘，勇往直前。我也应该看到这些天的进展，"松"是在一天一天地进步的，因为这是对我自己相对地说，机会靠自己去争取，我一定努力。以后每天坚持多方面练声，注意感情、姿势，这些也都是问题。还有口型、呼吸，这些问题都不能忘。

抓紧时间，不放机会。当然，除了这些我还有很多的事。今天，我才感到了岁数的重要。是啊，岁数不等人啊。

11 月 11 日

时间一天一天地过去了，这些天的成效不能使人满意。学声乐碰到的困难是那么多，而且那么难克服。我现在想了，抓主要矛盾是关键，在现在的基础上一天还要攻克几千个乐句，唱好两个歌。呼吸，看来我原来是有所忽视的，还有口型和身段，这些都应该重视起来，可是，位置这玩意儿，真不知哪个对。我想先不去管它，"松"这是主要目的。呼吸看来有时可以使声音松下来，还有就是人为的开放。

总之，不能松气。努力，不信就唱不成。我的本钱还是不错的，只要敢于练就会成功。什么也不用信，只相信自己，困难是很多的，可一定把它克服才算。

每天的生活不一定都那么痛快，可我自己应该仔细想想，到底应该把什么放在首位，乐观对我来说太必要了。想开一些，利用好一切时间。

11月13日

每天我都感觉要做的事那么少，所以总是闲极了。怎么办呢？从明天起再也不能这样了，时间就是生命。明天去广播文工团看看，一定去。

这些天的练声还是较满意的。我现在真不管别的，只要我觉得痛快就那么唱，唱到满意为止。

河南一直没有来信，我还得弄啊。北京啊北京，你就容不下真正爱你的人吗？

吊 兰

在幽静的斗室里，你垂着两条臂膀，

像忠诚的卫士守在我身旁。

没有花但拖下那么多的条叶，

一束束争着把身体投向阳光。

我喜欢你正因为每天你伴我度过凄凉。

11 月 15 日

广播文工团的傲慢使我气愤，不知怎么搞的，我对于那些人的轻视从心里感到愤恨。他们也许不是在考艺术，而是在听着玩儿，这正如他们自己说的一样。我出来后没有别的想法，只是想报复他们，等我将来去报复他们，可是谁又知道将来会是什么样呢？民族歌舞团，我还要去一次，一定考好。这是挺重要的一次呀，谁知道会不会有上次那么成功呀。都是出了水坑又进火坑，没有理想的成功，而只有老天给的厄运。我这个人，不管是这些年的教训还是什么，并没有消除我的轻浮，爱图表面，我应该好好地想想这些身上的不足——光想斗争而没有策略也是不聪明的。有时我也想，是不是我有点王二爷剥蒜两耽误呢？河南、北京，到底哪个是重点呢？是不是在现阶段应该把北京放在首位，等断了路再去河南奋斗，那就一心一意了？对，现在就这么做吧！

11 月 20 日

这些天几乎每天晚上都出去看节目了。当然这也是学习，但有时候这会影响我每天的工作。这几天过得不好，我不能放松自己呀，这是什么时候呀！

其卡，平凡而伟大的形象，胜利的象征，不怕牺牲的英雄。我很受感动，看完之后我不知道为什么那么激动。有多少可爱的人物啊，就连那个被救的高大的加拿大人也是正直和高尚的，难道那人没有想到死吗？他理解爱，对得起爱。其卡同样对得起"人"这个伟大的名称。

11 月 27 日

回来已经有一个半月的时间了，可我并没有胜利，我有很多时候都是在幻想和失望中度过的。到底会怎样呢？我也不知道。当然我现在是切实认识到我在业务方面的不足，否则不会没有机会的。是啊，现在该是自己怨自己的时候了。可是如果说从现在开始一步一步地练习，那可能不太现实。如果真正能进步的话，我会一步一步地练的。谁知道机会怎么造就我呢？

我订个计划吧，明天去铁路文工团先看看，管他如何呢，试试再说嘛。不要脸皮薄，其实是没有什么的。

这些天练声有些体会，我发现呼吸有很多时候是关键。我只要呼吸畅通了，喉头就自然不动了，声音也显得明亮多了。注意呼吸、感情。把声音立起来，位置先不管它。

12 月 3 日

轰轰的列车声，命运正如这没赶上的快车一样并不周济我，只好坐上这次慢车先到郑州再说。

汝阳的一次，总的来说是有意义的。我感觉到了很多东西，第一次见到了农村。总之，我的印象并不是太好的，最重要的是比我想的要坏。是啊，又一次的失败。我原把退路想得挺乐观的，最起码我总觉得那不至于是背水而战。可是这一天一夜的情景使我产生了变化，这不仅仅是背水了，而应该把它看作崖口，危险的崖口。我不能再放松在北京的时间了，我也不能再有什么温情脉脉了。难道还有比在那儿待上一辈子更可怕的事情吗？一切一切，该让我猛醒啊！

我自恃出家门六年了，总该有些经验了，可事实评价了我，我还经不起大风暴啊！尤其是今天早上，当天还是一片漆黑的时候，我坐在摇曳的汽车上，虽然一夜没睡好，可我一丝困意都没有。外边的景色迫使我想那些不敢想象的将来。是啊，将来会怎么样呢？我那美丽动人的去汝阳路上所产生的幻想，一夜之间变成了极悲惨的现实。那些像一根丝一样的北京的文艺单位，也许会一根一根断掉。我终归逃不脱的崖口，比我原来更险的崖口。这里的招生招工又是那样的少，可需要工作的人却并不比我条件差。一两年啊，在我想象是那么长，可事实将证明它是多么的短啊！如果真就应该是这样，我还有什么可想的？是啊，这也是给我敲响的一个极响亮的警钟。

东玲，一个坚强的小姑娘，使得我万分地理解她的心情。每天的寂寞、孤单、陌生，如果是我的话，真的会难以忍受。如果我是老天的话，绝不让这样的人再吃这样的苦。在很长的时间里，我没有想到自己，而是充满了同情心。我认识到我再也不能产生任何幻想了，多考虑考虑困难吧，不能没有勇气啊！燃烧着的荆棘，它会不会还延续下去呢？

日月·1976

元月1日

1975年完完全全地过去了。回顾起来，它也经历了无数的劫难。最重要的是，它使我离开了兵团。还有就是入了团。1975年也使得我成熟多了。很多事情不得不使我抛弃幻想而直视现实，能不能在这些波流暗礁中把稳舵盘，确实要靠努力地分析、苦苦地思索。想达到目的并不是件容易的事。今天，我在蒋老师这儿上了第二次课，当然，收获是不小的。伟大的1976年的第一天就以声乐而开始。我坚信这一年会有不小的成绩，坚持吧，努力学习，胜利一定属于我。

2月13日

我冲过了燃烧的荆棘，向着理想的顶峰攀登。我并不幻想意外的捷径，而是一步一步地走向成功。

转眼间又过去了一个月，跟随蒋老师也有这么长的时间了。

这些日子我固执地守护着我的理想，意志导引着我从这条路走向那条路。没有一个人在真心地同情我，多少时候我如同瞎子掉进了深渊，看不见光亮，四周也是黑洞洞。我没有屈服，我不相信上天给我的就是这些。我摸索啊，我寻找，黑暗一次比一次更浓。绳索啊，关系着我命运的绳索，难道你就这样狠心地离开我，让我沉沦在黑暗之中？

不！哪怕还有一根丝连着我，我也要努力地往前冲！哪怕什么冷眼、嘲弄，我还是我！正如那珠穆朗玛峰巍峨高耸，是真心还是表演，是前进还是徘徊，在命运的天平上我把你选中。拐一个弯吧，走在男中音的路上，它很快地可以使你达到成功。我啊，苦命的歌手，怎么能忘掉歌声！在我的同路上，他们一个一个地落下，为了暂时的快乐而有始无终。我却不能这样，也没有这样的条件。走吧，向前；登吧，胜利就在前面。

307 号房间：

走道里的吵闹并没有骚扰我的沉静的心，雨果的作品，在我的心里深深地扎了根。

我意外地得到了维克多·雨果在 1869 年写成的长篇小说《笑面人》。

笑面人，一个动过毁容手术，脸上终年都在笑着的人，他的一生却充满了悲哀和不幸。关伯仑从小就被詹姆士二世卖给了儿童贩子，成为宫廷阴谋的牺牲品。等到他被发现是费尔曼·克朗夏理爵士时，统治者仍然要把他作为他们手上的阴谋工具。在别人的摆布下失去了爱情，失去了亲人，最后失去了生命。

前边有一个引子，由于本书残缺不全，引子就没有几页了。

2 月 17 日/还在 307 号房间

骑车的喘息还没有停止，我便拿起了笔，记述我为启蒙的高兴，想起今后我的复杂的心情。

今天又在蒋老师那儿上完了课，学中音确实得到了老师的好评。我自己也感觉到了优越，可是绝不能松懈，不能啊不能，一点都不能。路还很长，我只是刚刚走进了门。我要突破一切障碍，而且还要在短时间内突破一切障碍。四个歌都要练，鼻咽腔的重要激起的有力，快而不变，呼吸要深，身体要强壮。一点都不能忽视。我相信我会胜利的。我坚信。

3 月 4 日

又是一个月来到了，时光飞快。学声乐的进展有的时候也不能安慰我焦虑的心。有很多时候我表现得太心急了，现在我对成功的迫切感，有时候都焚得我的心像着了一样。可我一点也没有丧失信心，反而有时候变得更加沉静了。抓紧时间多练习，虽然有时候做到正确是不容易的，可还是要努力做到正确，否则以后难于有进展。艰苦我已经不怕了，现在也没有那多余的感情。如果……咳！不去想它。

去了世平家两次，我想她妈妈和姐姐都已经知道了，我觉得也没有原来那么可怕了。

3月5日

吃多了苦也许就不懂得发愁了，到现在我对将来没有那么多的幻想了，做好最艰苦的打算。我有时候想，情愿到西藏去，离开内地吧。离开我熟悉的地方，离开我认识的一切人。我不知道为什么会产生这种思想，这在有些人也许是可怕的，可我觉得一点也不可怕，反而有这种欲望。到五月也许没有多长的时间了，这次运动又要来了，谁知道要搞多大啊。也许一切又将完了。一切呀，一切。

4月8日

世平回来已经八天了，八天过得真快，还能有几个八天啊，我幻想能天天和她在一起。可我没有这个条件，社会给我的定语是我现在根本就不配去爱，虽然爱在紧紧地吸引着我。

她家对这事也明说了，当我听到这些之后，浑身有意想不到的颤抖。我不知道我为什么打战，在听的过程中我的手是冰冷的。我恨我自己，因为我没有足以使她父母置信的条件（我是个无职业的人）。人们都说人穷志短，可我岂止是穷呢？简直就是比穷还坏十倍。当然我就不止是志短了，这确实使我感到耻辱，绝大的耻辱。你还有什么脸去人家呢？不羞吗？想到这些我心情特别地沉重，就像那打湿了的风筝，再也飞不起来了。

世平爱我，那是最纯真的爱。我不能没有她呀！可我凭什么去爱她呢？凭我是个农夫吗？凭我是个让人可怜的不得意的人

248

吗？我没有这种勇气，凭着这些我也不配去爱她（如果我是真爱她的话）。这确实也是激发我去奋斗的最大动力。半年来，我感觉到了多少双眼睛在看着我，所有认识我的人，所有知道我的人，尤其是那一双我最熟悉的、最热切望着我的眼睛。我真没有理由不去体会这些。躲避这些是懦弱的，我应该好好想一想啊，怎么才能更早地成功呢？怎么才能更早地宽她的心？怎么才能让家里放心呢？这些对我来说是多么迫切呀！

静之啊，你牢牢地记住吧！只有斗争才有出路，否则你就是一个真正的懦夫，真正的！靠自己我也许可以完全如愿啊，我第一要努力在自己喜爱的声乐上取得成功，第二就是病退的可能，第三……（我不去想它了，那里不是我的理想。）

我永远爱世平，可如果我真是一个农民的话，我将不可能爱她。哪怕是她依然爱我，我也不可能爱她，不可能。（我的虚荣心）

5月5日

幻想是害人的东西，幻想是懦弱的表现，幻想是怕苦怕斗争的心理，幻想是痛苦之中的精神寄托。既然幻想有这么多的害处，我决心毫无顾忌地完全抛弃它。就现在的形势来看，我正处在一生中关键的几年，是成是败，就此一举了。我所想要得到的东西都需要我自己去做，企图坐享其成是不可能的。活动，只有活才能动，否则必将失败。想到的东西就去做，绝不能有半点的妥协和胆怯。很多时候我把生命看得轻了，何况这暂时的面皮呢？我一定时时鼓励自己干下去，不能有一丝一毫的妥协。静之，到了生命的关键了，你还不敢向前吗？你愿意世上所有知道你的人都为你感到耻辱吗？如果你不愿意接受老天所给你的一切不公平的话，那么你就斗争吧！胜利属于不屈的人。只争朝夕，夺取胜利。

病退也许会成功，声乐不放弃，现在是两条腿走路，以后要做到三条、四条，以至更多条。

不要让血冷下来，为了将来，斗争吧！

5月7日

时时鼓励我前进吧！这个月有可能的话拿下一项任务来。第一是证明书，第二是心电图。如果这两项都成功了的话，那么我病退便有希望了。不能妥协，不怕碰钉子，否则日子会一天一天地过去的。想是一回事，做才是履行想法。就我的性格来说，做这种事有很多的困难，可还有什么比在农村待一辈子而不能如愿更可怕的呢？也许永远不会有吧。我天天警告自己不能松懈下来，困难并不可怕，克服了它就是光明。那光明该多么明亮啊，放下你的虚伪的架子吧，去感动人、感化人、争取人。

我想如果事态真如斜坡一样骤转急下的话，我便什么也没有了，一切一切我最爱的东西都没有了。不能这样，我不能让自己这样。

5月10日

我是软弱的，不要把它说成是虚荣心。当我要去的时候总是有许多的迟疑，这大可不必要。放下这些吧，明天我一定要履行我的义务了，否则我就瞧不起我自己，一点都瞧不起。去完了之后我再给世平回信，不去不回，就是这样。当然，去也许不可能生效，但一定要去。

今天接到了世平的来信，确实对我很有鼓励，我决心去做了，真正地做了。

人在逆境里

比在顺境里

更能

坚持不屈

——维克多·雨果

6月28日

结束了在黑龙江与河南颠沛流离的八年之后，我有了半年的喘息，但是突然命运之神又把我推到了另一条岔道上。来到煤炭院也有半年之久了，就精神生活上来看，我感到是贫乏的，生活没有一丝色彩，没有痛苦的黑色，也没有光明的白色，而只是一片灰蒙蒙的，有时我自己都看不清。我需要斗争中苦与甜的刺激，我多么需要新的成功。

看了这几年中的日记，我感到惭愧。在思想感情方面我不如以前了，尤其不如前两年。那些离开兵团只有我一个人的日子，那些在汝阳最艰苦的日子，不论在什么时候人都要有那样的信心，那样的勇气。往往不苦不甜也会毁掉人的一生，何况我又正处在这极端关键的几年之中。考大学我也曾动过心思，可我不去想它了。声乐（当我写这两个字时我都感到惭愧），我绝不能离开它，十年来我没有间断过，无论处境多差，条件多坏，我都坚持下来了。我还要坚持。这半年多来，我感觉我是有进步的，继续努力，信心是关键。我深深地感觉到了，不能如愿，对我的一生来说都是一个失败，最惨痛的失败。我不能放弃斗争，我只有这么一点点的精神食粮了，我想只要不妥协我会成功的。

工作，我根本就不可能去热爱它，我要改变，一定要改变。

6 月 30 日

平淡的生活还不如痛苦的生活更有色彩。

如果一天不能练声，我便会感到若有所失，声乐不纯是一种理想与通往另一条通路的媒介，同时也是一种精神的寄托。练不好声或嗓子不适时，我感到痛苦。很多人不能理解，有时我自己都不理解。

平淡对我来说还不如痛苦，痛苦能够使人产生勇气和信心，能够得到成功的喜悦和失败的伤心。然而平淡却产生厌倦，养成一些不好的习惯。懒惰，便是其中之一。

岁数一天一天地大了，我怎样才能在一天一天的时光中取得不断的进步和成功呢？锻炼自己的思想与掌握自己的行动和丰富自己的知识都是应该一天一天地进步的。安逸是一切正经东西的死敌，安逸也许是中晚年的事情，我现在还谈不到。就本阶段来看，我应该做些什么呢，怎样才能更丰富自己的知识和才能呢？我要锻炼做一些简单的木器家具，这也是一门手艺啊。声乐是正宗，在余下的精力中我争取提高文学上的兴趣。把生活安排足吧，否则越来越懒。

7月3日

一个人对于生活的欲望永远是不能满足的。每一个人都曾经为生活而斗争过，也许是年轻时，也许是成年或少年。当斗争累了，疲倦了，人们便罢休了，安静下来了，但他永远有着内心的隐痛。失败者直至老年都会感觉到一生的不如意。当然，这是一桩可怕的事情，一桩一生中极其重要的事情，一桩难以忍受失败的痛苦的事情。怎样才不至遭此劫难呢？怎样才能使理想得到现实的证明呢？这完全取决于自己，取决于自己对命运所安排的殊死的斗争。是啊，斗争有时亦面临着失败。精神生活是人一生中的支柱，斗争便是人一生中的色彩。不想斗争，对于一切都感到乏味之后，人便衰退了，变老了。精神上的衰退比肉体上的衰退更可怕，并且无法医治。青春，正是蓬勃旺盛的象征，人如若在精神上能永葆青春，便不会衰老，而且总对生活充满了信心。乐观和兴奋的精神能保持自己的青春，同时也可以感染别人，对于生活的信心，对于精神的无限追求，我想是人的一生的良方，可以返老还童。

我处在青年时期和成年时期的边缘，我有理想和斗争的精力，可我应该怎样去追求精神生活的高尚和丰富呢？我恋爱过，

253

可恋爱没有使我让斗争收场。我亦成功过，可艰难的成功也没有使我感到斗争的疲劳，境况不好，反而更使我产生斗争的欲望。岁月啊，就在这摸索的斗争中流逝了。到底能不能成功，到底应该在几个方面进行斗争，我自己也感觉到很渺茫。岁数不小了，生活很快会把你安排在家庭的圈子里，那时对于斗争会不会改变看法呢？一切都没有底，只能凭想象。现在这一阶段，是所有各项斗争的基础阶段，同时也是关键阶段，应该怎样走，我不能没有长远的打算。声乐是我斗争战场的正面，它寄托了我一切的希望，它光明美好，使我无限向往。可是我必须走这一关又一关，也许才能到达理想的乐园。贪图安逸是错误，追求虚无也是无聊。安排好生活，走自己的道路，即使是没有成功，那也许是命运的安排，而不是斗争中怕失败。

7月8日/节制便是长久

对于喜欢的东西，人们都爱保持长久的喜爱，永不厌倦。这正如人世间所有的事情一样，超过一定的负荷，事物就要起根本的变化，也许会好，也许会坏。为了使事物不至于一下子达到饱和程度，节制便是很好的方法。节制是一种涵养，人如果在所有的事情上都能做到节制，这个人一生都会很平稳的，不会脱离幸福的轨道。

我不能做到这些，无论是在声乐上还是在生活上，这些是成事之道，我应该改变。

文学的构思：

254

首先，《上车前发生的事情》《碗》《离婚》都是有了情节的故事，在于怎样描述它们。主要是要有思想内容，短篇用不了多少时间，锻炼锻炼。

《上车前发生的事情》：先写下汽车，还早。然后写饭馆中的情景，对桌的干部，小孩子和外地人。矛盾的开始。

7月23日/爱情的发展

初恋是纯洁和羞涩的爱的表现，初恋是美好的，总是使人感到若即若离。人在精神上交往得多一些，语言和眼光是感情的媒介，总是使得人的感情交织在一起。初恋在人的一生中只有一次，再也不会来到了。

我不知道人已然有了夫妻的感情，但还不能结婚，而且还要等待四年或者稍微短的时候，这感情应该怎么处理？我是正统的观念少一点的人，可她却守身如玉。一切都不能达到协调，四年，我只好去等待了。到这时候我也往往恨自己，我为什么不能变得像初恋时一样呢？我为什么不能够多追求精神上的东西呢？虽然那是一个诱人的谜，但当尝试一切之后人又变成什么样呢？爱情的发展处理不好是一件多么可怕的事啊！我第一次感到茫然了，我不知道怎样来处理这一切。我想了很久，很久。我怀念初恋的感情，可我不知道那些还能不能回来。这事很使我苦恼，我该怎么办呢？节制便是长久，记住这句话吧！

人生已然到了决定的边缘，我要努力奋斗改变自己，不要妥协。毅力难道不是人生最高尚的表现吗？一切都在这几年，一切都在自己。

　　求知欲是一种良好的秉性，往往它与真诚、易受感动是分不开的，它也正是伟人所走的第一步，是天才之所以成为天才的最早的朋友。那么求知欲在每一个人的身上都起到它良好的作用了？其实不然，如果滥用欲望的话，欲望就会减少，而且越来越淡泊，以至于什么也没有学会，什么都不愿再学了。何况求知欲往往在有些人身上加上争强好胜的作料，会一时激奋，想先人一头，见一种爱一种。使得求知欲这个良好的秉性，也给自然界中的事情带来了灾难。我不能怪罪欲望，只能怪罪人。

图书在版编目(CIP)数据

九栋／邹静之著. — 北京：中国文史出版社，
2021.1

(中国专业作家作品典藏文库·邹静之卷)

ISBN 978 - 7 - 5205 - 2249 - 6

Ⅰ. ①九… Ⅱ. ①邹… Ⅲ. ①散文集 – 中国 – 当代
Ⅳ. ①I267

中国版本图书馆 CIP 数据核字(2020)第 172524 号

责任编辑：牟国煜　薛未未

出版发行：**中国文史出版社**

社　　址：北京市海淀区西八里庄路 69 号院　邮编：100142
电　　话：010 - 81136606　81136602　81136603（发行部）
传　　真：010 - 81136655
印　　装：北京新华印刷有限公司
经　　销：全国新华书店
开　　本：720×1020　1/16
印　　张：17　　　　　字数：175 千字
版　　次：2021 年 1 月第 1 版
印　　次：2021 年 1 月第 1 次印刷
定　　价：59.80 元